U0855054

冰心散文奖
获奖作家散文自选集

初一十五
看月亮

初曰春 著

组　　稿：中国散文学会
总 主 编：周　明　红　孩
执行主编：凌　翔

中国经济出版社
CHINA ECONOMIC PUBLISHING HOUSE
·北京·

图书在版编目（CIP）数据

初一十五看月亮 / 初曰春著.

—北京：中国经济出版社，2019.12

（“冰心散文奖”获奖作家散文自选集 / 周明，红孩，凌翔主编）

ISBN 978-7-5136-5699-3

Ⅰ. ①初… Ⅱ. ①初… Ⅲ. ①散文集—中国—当代

Ⅳ. ① I267

中国版本图书馆 CIP 数据核字（2019）第 086319 号

策划编辑　崔姜薇
责任编辑　焦晓云
责任印制　马小宾
封面设计　陈　姝
封面插图　阿　秋

出版发行　中国经济出版社
印 刷 者　唐山楠萍印务有限公司
经 销 者　各地新华书店
开　　本　710mm × 1000mm　1/16
印　　张　13
字　　数　168 千字
版　　次　2019 年 12 月第 1 版
印　　次　2019 年 12 月第 1 次
定　　价　49.80 元
广告经营许可证　京西工商广字第 8179 号

中国经济出版社　**网址** www. economyph. com　**社址** 北京市东城区安定门外大街 58 号　**邮编** 100011

本版图书如存在印装质量问题，请与本社发行中心联系调换（联系电话：010-57512564）

版权所有　盗版必究（举报电话：010-57512600）

国家版权局反盗版举报中心（举报电话：12390）　　服务热线：010-57512564

目　录

第三辑　午夜的风雨

第四辑　迷人的营盘

第五辑　孤寂的灯盏

第一辑　青春的歌谣

一记耳光

六岁那年的除夕夜，我被父亲狠狠打了一记耳光。

我的老家在胶东半岛，历来讲究年节上不能生气，否则不吉利。贪玩的孩童，有过年的习俗罩着，就仿佛罩着传说中的免打金牌，这几天就算把自己当成齐天大圣，淘得上房揭瓦，父母也会睁一只眼闭一只眼。

但就在最不该挨打的时节，我吃了父亲一记耳光，这一记耳光我记了三十多年。

父亲暴怒的原因，是觉得我口无遮拦，说了不该说的话。

那天晚上一家老小吃年夜饭时，母亲端上来一条鱼，嘴里还高高兴兴地说着："吃鱼吃鱼，年年有鱼。"

那时，家里条件差，平日里难得见到鱼。见到饭桌上有鱼，我开心极了。

母亲把一大块鱼肉夹到我的碗里，高兴地冲父亲说："今年这鱼买得真不错，连鱼刺都这么大。"

我也开心地说："鱼刺大好啊，等我吃完鱼肉，把鱼刺留给奶奶吃，她爱吃鱼刺……”

话还没说完，只见父亲虎着脸，扬起大巴掌，隔着饭桌狠狠地朝我扇过来。

“啪”的一声，巴掌响亮地落在我脸上，顿时，我的半边脸火辣辣地疼。

我像被打傻了似的，呆愣愣地朝着父亲看。我是家中的独子，父亲素来疼爱，以前从来没有打过我。我也不知道自己做错了什么，为啥要挨打。

只见父亲铁青着脸，咬牙切齿地骂道：“没良心的东西！再说把鱼刺留给奶奶吃，我打死你！”

“哇”的一声，我委屈地大哭，边哭边嚷：奶奶就爱吃鱼刺！奶奶就爱吃鱼刺！

父亲摔下筷子，怒气冲冲地走出房间，团圆饭不欢而散。

过了年，母亲跟我说：“年三十晚上，你爸打你打得对，咱家穷，你奶奶是心疼你，每次吃鱼才让你吃鱼肉，自己吃鱼刺，你当孙子的说这话，能不挨打吗？”

年幼的我似懂非懂地听着，明白了父亲生气的原因。从那以后，我再也没有对祖母和父亲母亲说过不敬的话。

许多年后，我远游他乡，回家的机会少了。

近几年，祖母仙逝，父亲母亲渐渐年迈，我也年岁渐长，对家的牵挂一天比一天强烈。我常常会忆起往事，忆起年幼时与祖母和父亲母亲在一起的情景。

有天睡到半夜，突然看见父亲怒目圆睁，一巴掌朝我扇过来，我一边哭，一边想，我到底做错了什么，惹得父亲生气。

哭着哭着，梦醒了，我发现自己一个人躺在异乡的床上，异乡的月光正清冷地照着我。

我摸了摸脸，似乎还火辣辣地疼着。我把手久久地贴在脸上，就像把父亲的手掌贴在了自己的脸上。隔着时空，我问父亲："爸爸，我哪里做错了吗？您为什么打我？"父亲不说话。我就一点一点地回想自己近日的一言一行，看看自己言行是否妥当。

每当我得意忘形时，每当我自以为是时，每当我口无遮拦时，我都会感觉到父亲怒目圆睁，一巴掌朝我扇过来。

父亲以简单粗暴的方式，把孔孟之道，把为人处世的道理，把严峻的父爱，用巴掌的形式，挟雷霆之势，朝着我扇过来，让我警醒，让我收敛，让我自省。

父亲的一记耳光，我会谨记一生。

母亲的针线活儿

小的时候，每次穿上新衣服，我都会兴高采烈地跑到镜子前，照来照去。衣服不合身了，母亲会洗净、叠好，放到柜子里。在母亲为我收藏的衣服里，找不到一块因为淘气留下的补丁，母亲的针线顶多是为我缝缝扣子。

上初中那年，母亲买了毛线，说要为我织件毛衣。她找来中意的款式，照着别人的针法比画着为我织毛衣。实在不敢恭维母亲的速度，整整一个冬天过去，春暖花开的时候，毛衣终于织好了。她给我试了试新毛衣，虽然合身，可是三月里暖洋洋的春风，又把它吹进了衣柜里。次年冬天再找出毛衣时，母亲只能把还没穿过的毛衣拆掉。父亲就在一旁为我打抱不平："孩子，心急喝不了热豆浆，想要穿你妈织的毛衣，再等上个三年五载，让她练练手艺吧。"末了，父亲还打趣道，"咱爷儿俩就这命，谁让我娶了个笨婆娘？"受了父亲的嘲讽，母亲只能尴尬地笑笑，趁着我们不注意，又匆匆地把针线收进笸箩里。

从那以后，我就不再指望能看到母亲做针线活儿，母亲的针线也就光荣地下了岗。直到我当兵以后，母亲的针线才派上了用场。

新兵连里，第一次收到母亲捎来的鞋垫时，我给母亲打电话，说这鞋垫哪儿都有卖的，以后我自己买就行。母亲在电话那头小声嘟囔：“我做得再不好，也比外边买的结实耐穿。”我不敢相信自己的耳朵，问过父亲，才知道，鞋垫真是母亲做的，她专门“拜师”，学会了剪裁，又学会了纳鞋垫。想想母亲以前笨手笨脚拿着针线的样子，我偷偷乐了。从那以后，隔上一些时日，我就能收到母亲寄来的鞋垫。垫着母亲亲手缝的鞋垫，我结结实实地迈出了在部队的第一步。

今年春节回家，母亲快活地像个二十几岁的姑娘，爽朗的笑声伴着节日里的鞭炮声，给我的心里添了一团火。临行前的那几天晚上，母亲拽着父亲在灯下写“平安”“幸福”之类的字样，我看着稀奇，也跟着凑热闹。母亲在灯光下，戴着老花镜，娴熟地穿针引线。她是在为我纳鞋垫。看她极其认真的样子，我于心不忍。我抢过针线，让她歇会儿。母亲笑着摇头，说没事儿，过年了，让你爸写上几个字，给你缝上，讨个吉利，咱庄户孩子，垫上这个，走什么样的路心里都踏实。我含泪点头，又把母亲的针线递了回去。

一封家书

回想起来，只是在当兵期间收到过母亲的信。

母亲是个农村妇女，没什么文化，识不了几个大字，勉强能写下自己的名字。每次写到名字最后一个字“萍”的时候，她都会在嘴里嘀咕些什么，当时我想她或许是责怪笔画太多吧。后来才知道，母亲是在抱怨没生在新时代，自己没读过几天书。母亲非常渴望自己有文化，在我长大上学后，她便把对知识的渴望全都寄托在我的身上。应当承认，我读书不是很争气，高考落榜后，我无可奈何地选择了参军。

新兵连的生活紧张而枯燥，最美好的时光莫过于收到家书，然后在角落里静静地读上几遍。每天训练结束，我们都会盼着那个被喊作“班长”的通信员，望眼欲穿地等着他，等他提着一兜信走进我们的宿舍。那个时候，在我们眼里，长了一脸青春痘的通信员是天底下最帅气的男人。所有新兵对家书的渴望不言而喻。

临近下连的那个月，我的家书忽然从视野里消失了，好像从人间蒸发了。一天、两天……一周、两周……迟迟未接到家书，这让我很纳闷。

原本每周能收到几封信，赚足了战友们的眼球，现在猛然间觉得自己是那么孤独和失落。时间长了，我有些不知所措，偷偷地跑去找通信员“班长”。他操着地道的河南口音嚷嚷：“新兵蛋子，就恁急，不就一封信吗，再来烦俺，告诉恁班长，中不？”那肯定是不中，我灰溜溜地逃回宿舍，临转身还瞥见通信员的眼睛瞪得几乎找不到黑眼球，倒是满脸的青春痘被憋出了晶莹和亮泽。

一直到新兵连结束，还是没收到家书。下连以后，我托周末请假外出的老兵给家里打个电话，老兵告诉我，电话没人接。到底怎么了？我只能把自己的种种猜测都藏在心里，然后又在战友们疑惑的目光里，把自己写给亲朋好友的信全都塞到了“班长”的怀里。

一个礼拜之后的傍晚，我终于收到了期盼已久的家书。我捧着信匆匆跑到无人的操场。

在夕阳的余晖里，我小心翼翼地拆开信封。信封上的字迹就让我深感意外，那是完全陌生的字迹。信是母亲写的，薄薄的信纸上几行字写得歪歪扭扭，内容无非是家里什么都好，不要挂念一类的话。随后没几天，我又收到了家书，父亲熟悉的字迹再次映入眼帘。紧张的训练让我很快淡忘了这段为家书煎熬的日子。

一年后，我回乡探亲，与朋友闲聊时才得知，那段时间父亲出了车祸。母亲怕我在部队上工作分心，照着书本一笔一画地写下了那封信，还把亲朋好友全都跑遍了，叮嘱大家跟我联系时，不要告诉我家里的情况……

在知道事情的全部真相之后，我猛然发现，母亲那寥寥几行字，揉进了数不清的内容，有她的心酸，更有对儿子的希望。于我而言，那已然成为最有分量的家书。

直到现在，那封家书还被我珍藏着，它就搁在我的书柜里，仿佛“镇宅之宝”。

善意的谎言

朋友说，我明目张胆地招摇行骗。究其缘由，他说我成天编故事、写小说，骗取读者的眼泪。我没有那么大的本事。

有一点不得不承认，我确实经常说谎。最明显的例子是，遇到别人总会说“又年轻了”，很多年前是这句话，很多年后仍然是这句话。这谎话很多人都乐意听。

多数人如我一样，从小接受教育，不允许撒谎。婉约一点的，会讲“大鼻子”的故事；粗放一点的，会直接棍棒伺候。我的父亲属于后者。

但他在生活中也扮演着“不光彩”的角色。

大概在十多年前，每次给父亲打电话，他都拒接，大半天之后，他才回电话告诉我，在跟老哥儿几个下象棋。我很开心，父亲终究是想通了，不再那么辛苦地跑来跑去了。

父亲一直在机关工作，几十年下来，练出了一手好文章，最起码在老家是名声在外。退休后，他闲不住，喜欢给自己找点事情做。最开始，我并不反对他的选择，觉得支持他做些自己喜欢的营生，也算是一份孝心。但那一年，我说什么也不同意，原因很简单，他的岁数越来越大，身体健康最关键。

父亲一直不服老，这是他的性格。在那之前，他一直被一些单位聘为顾问，帮人家写材料、出主意，有段时间竟替别人值夜班。又不是正式在编人员，干吗要自讨苦吃？！我刚张嘴埋怨，他就摆出了自己的理由，说是年轻人家务事儿多，搭把手给人行个方便。

埋怨的次数多了，父亲便不再接我的电话，进而用谎话应付。其实，那不是我第一次听到父亲的谎言。

我小时候喜欢吃橘子罐头，玻璃瓶子装的那种。月牙形、黄澄澄的橘子瓣儿晶莹剔透，很诱人。只那么一小瓣儿，凉沁沁、酸滋滋、甜丝丝的，让童年时期的我回味无穷。那是一种妙不可言、很难用文字形容的感觉。好像是在中秋节，亲戚带来两瓶，我吵着要吃，父亲跟我说，那东西放一放更好吃，最好是搁到过年。我信了。我隔三岔五去看一眼，问母亲还有多久过春节，母亲被吵闹烦了，说干脆给孩子吃了吧。父亲说，说好了过年，不许悔改。可是，忽然有一天，我发现罐头没了。父亲说，家里进了老鼠，把罐头偷走了。我信了。后来，我在外婆家发现了两瓶橘子罐头，却搞不清是不是自家的那两瓶。

类似的事儿还有很多，回想起来，如那橘子瓣儿似的，不单是甜，还有些酸。

记忆犹新的是我当兵之后的一次。那回父母闹别扭，而且闹得不可开交，竟然打起了冷战，相互间一句话也不说。在我知道这件事情以后，跟他们联系，父亲反倒故作轻松地说都是些家务事儿，让我安心工作。这显然是在撒谎。选了个周末，我请假回家。一见我进门，父亲马上换了笑脸，母亲倒也配合，拉着我嘘寒问暖。我开玩笑说，你俩不当演员可惜了。他们有些不好意思地对望，母亲向我打包票，说以后不吵架，不耽误孩子工作。父亲更干脆，说即便吵了也不让孩子知道，实在瞒不住，就撒个慌骗过去。瞧吧，直接把撒谎的事情摆到了明处。

父亲不但跟我说谎，也跟别人说谎。

初中三年级那年，外婆去世。外公思想守旧，因为自己没有儿子，就坚持一个人待在农村老家，不肯搬到他的几个女儿家里住。父亲想尽办法，说了很多好话，外公才有了一点儿犹豫。后来外公提出的条件是，让父亲找块农田，让他能侍弄庄稼，父亲二话不说就答应了。他事后告诉几位连襟，先把老人糊弄来再说。

就在那一年，因为家庭变故，父亲借了不少外债，单位给父亲一些补助，父亲看同事家里也过得困难，就找领导说自家条件不错，让把自己的那份补助给别人，怕人家领导不信，父亲又撒了谎。

记不清父亲还有多少这样的谎言，但我从来没因为他的谎言怪罪他。因为，这些善意的谎言让我看到了父亲最真实的一面。

老师如母

很偶然的机会，我得到老师的消息，急忙差人帮忙联系，找到了她的电话号码。

连续拨了许多遍，才接通了电话，电话那头，我的老师居然喊出了我的名字。她高兴地对我说：你真好，这么多年了还能想起我。听了老师的话，我惭愧得说不出话来。

她是我上幼儿园时的老师。

小时候，我住在农村，父亲上班，母亲在生产队干活，撇下我一个人在家，没人看管。因此，在我还没断奶的时候，老师就把我抱进了幼儿园，主动帮母亲照看我。有些时候，母亲下地干活收工晚，老师就把我抱回她家，喂我吃喝，哄我睡觉。据母亲后来讲，有很多次，我在睡梦中把老师的床尿湿了。母亲还告诉我，在她忙着在生产队干活没法回家给我喂奶时，老师就嚼好了芋头，一口口地喂我。在三伏天，老师总是为我摇着蒲扇，而她自己却热得满头大汗。

记事以后，老师给我最深的印象就是，她总能变戏法似的，笑眯眯地从身后拿出三两个杏，或者一枚鸡蛋、一个苹果。在那个年代的农村，这些东西都是待客用的，平常人家的孩子见不到也吃不着。所以，我不但记住了那些好吃的东西，也清清楚楚地记住了老师那张美丽的笑脸。

大概是四岁那年，父亲把我转到了另一所幼儿园。虽然老师不再教我，但我每天放学以后，都是先跑到老师家里，给老师唱新学的儿歌，给老师讲新学的故事。一直到上了小学，我还隔三岔五地跑到老师家里做作业。

与老师分别，是在三年级的上学期末。听母亲讲，老师要嫁到很远的地方。母亲帮她缝着婚被，爱说爱笑的我忽然间变得沉默寡言。据说在老师出嫁的那天我还哭了鼻子，在送老师上婚车的时候，我竟然哭得上气不接下气，还憋红了脸，挤出一句："老师，你别走，等我长大了，你嫁给我吧。"这句话，在村里流传了很长时间，成了大人们饭后的笑料，后来甚至被演绎成好多版本。

从那以后，我就再也没见过老师。二十多年了，上学、当兵、提干，我也到了该成家的年纪，想想当初的话，童真而无邪。如今老师的女儿都已经二十几岁了，跟老师聊起这些往事的时候，电话那头传来的，依然是那熟悉的笑声。

老师啊，这么多年，我终于了却心愿，跟您联系上了，虽然只是在电话中寒暄几句，可是您能听出我还在撒着娇吗？老师，您知道吗，其实，我也只能在您和我的母亲面前撒撒娇啊！

青春的歌谣

他给我发来一段视频。视频里，他还是跟很多年前一样，用极具磁性的声音在唱歌。

他是我中学时的同桌，那时候最喜欢唱《同桌的你》。但我确信，在跟我做同桌之前，他的字典里肯定找不到“同桌”两个字。

他的学习成绩不上不下，一直在中游徘徊，唯一让人佩服的是他的歌喉。许多人说，他的歌唱得不亚于那个年代的天王巨星，很遗憾，他始终没有登台演出的机会。

他并不是那种调皮得让老师头疼的学生，只因为他有天生的皮肤病，同学当中没有一个肯跟他同桌。他找不到一个朋友，每天都是独来独往，更别说在大庭广众之下抛头露面了。

那种皮肤病很吓人，我发誓，只要看上一眼，就会生出满身的鸡皮疙瘩。他的脸上和身上几乎长满了鱼鳞状的黑斑。冬天还好些，只能露出两片粉红的脸，倘若在其他三个季节里，简直可以用惨不忍睹来形容。

不想过多描述他当年的模样，因为真实的状况远比文字所写的要糟糕。可想而知，当班主任宣布让我跟他同桌时，我会有多大的排斥和恼怒。只记得，当时我回头瞪了他一眼，感觉他随时会给我带来晦气。

一下课，我就跑到办公室，朝着班主任发起了脾气，班主任的同事笑呵呵地看着我气急败坏的样子。当然，我的心里有数，班主任不会因为我的态度问题处理我，谁让她是我的小姨呢。

小姨拍拍我的肩膀，嘿嘿直笑，笑得我牙根直痒，我恨恨地使出了撒手锏：如果非让我跟他同桌，这书我也不念了，我现在就回家！

那天下午，我没去上学。母亲问我，我也没啥好脸色。吃晚饭的时候，小姨来到我家，我当着父母的面更是得理不饶人。

我痛述了她的“罪状”。小姨不慌不忙地听完，才说，大姐、姐夫，外甥说的那个孩子从小就得了皮肤病，上学这么多年都不受人待见，马上就要中考了，咱就帮帮他吧，让他找回一点儿自信。

父母没有立即答复，小姨赶忙表态，说已经问过大夫，他的皮肤病不传染。

小姨又说，大姐，我能骗你吗？咱的孩子是孩子，人家的孩子也是孩子，哪个当爹妈的不盼着自己的孩子念书有出息？

母亲回头看看父亲，又低下头盯着饭桌，让小姨吃菜。我猜想她内心也在做着痛苦的斗争。

母亲的态度让我更加肆无忌惮，直接摔下筷子嚷嚷：“不行，你看他那个样儿！”

一直默不吭声的父亲火了，说你吵吵什么，就按照你小姨说的办，明天上学去，再闹腾，小心我敲断你的腿！

必须承认，父母和小姨都是善良的人。也感谢他们，是他们让我拥有了一份珍贵的友谊。

我无可奈何地背起书包回到学校。每次上课，同桌总是很谨慎地跟我保持一段距离，生怕一不小心碰到我。时间长了，我慢慢接受了这个原本让我厌烦的同桌，看他呆板的脸上也堆起了笑容，我也跟着高兴起来。而我也得到了一份意外的惊喜，可以在课间休息时听他低声为我唱歌。

我是那种爱热闹的人，总是起哄让他大胆在班里唱。到后来，他果真敢当着众人的面，抱着吉他弹唱。那个年代，乡下中学会弹吉他的人凤毛麟角，他很快收获了应有的尊重。有的小女生目光里满是崇拜，以至于让我心生嫉妒。

兴许是受了我的影响，抑或是被他的歌声感动了，同学们也开始跟他交流。他非常争气，成绩突飞猛进，如愿考上了重点高中，三年之后又考进了一所名牌大学……

视频里的他堆着满脸笑，他在唱歌，只不过怀里抱的不是吉他，而是刚刚出生的胖儿子。他唱的还是《同桌的你》，熟悉的旋律让我想起属于我们的青春歌谣。

在春天的田野里播种希望

这是一个神秘的村庄，隶属于山东省烟台市牟平区。村子东边有温泉，人们称它为龙泉汤，传说直通东海龙宫，当年日本兵占据这里就是为了泡温泉；村子西面有昆嵛山，是中国道教全真派的发祥地，王重阳率“七真人”曾在这里修行问道；村子中央有条河，叫汉河，据说跟汉朝的某个皇帝有关。

虽然镇政府搞绿色开发，小村依然美丽如初，但老苗头心里就是不得劲儿。前些天，镇干部到村里来，他就没给好脸色，管你多大的领导，就是天王老爷来了也不怵。

老苗头拧巴着呢，儿子在城里买了楼房，让他搬过去住，他说什么也不肯，庄稼人不在田里干营生，还活个什么劲儿。村里人的心全都变野了，零星几个在家的，也把桃树全都砍掉了，换上了苹果树和樱桃树。当然，他知道烟台地区的这两种水果在外乡卖得好着呢，可是桃树多好啊，桃儿养人杏儿伤人，这是祖辈传下来的。

如今的规矩都坏了，那个镇干部非让把家里的电线全换成新的，说是线路老化，怕引起火灾。换电线得花钱啊！

让老苗头生气的是，儿子跟他们一条心，也吵吵着要换电线。他当时就恼了，说你怎么不把你老子给换了呢。还是孙子垚垚懂事儿，给他来了一段三字经，虽然他听不懂，看着小家伙摇头晃脑的样子，所有的气跟着就消了。

垚垚回城了，老苗头一个劲儿地回想那段三字经，一宿没合眼。现在太阳刚冒头，他正在去桃园的路上，脑子里还惦记着三字经。有些是能懂的——山野上，家庭中，不玩火，记心间……可大多数还是云里雾里的。

他想起儿子买的手机还从来没用过，干脆让孙子接个电话，问个明白，这会儿准保还没去上学。老苗头鼓捣了半天才拨出号码，一听到孩子的声音，他就有些兴奋，问长问短差点儿忘了打电话要干什么。

不知不觉到了桃园，老苗头挂掉电话，赤脚踩在地上，桃树上挂满了花，那花儿粉嘟嘟的。往年，只要桃花一开，他就会换下厚厚的老棉袄，扛着农具到田里忙活，闻着花香干什么都有使不完的劲。可今天他没精打采。

琢磨了半天，老苗头总算开窍了。他仔仔细细回忆孙子的话。

垚垚说了，那个是消防安全的三字经，是消防队的叔叔教的；垚垚还说，春天防火很重要，因为一年之计在于春，消防叔叔说要在春天的田野里播种希望。老苗头豁然开朗，他决定现在就去镇上，找人换电线！

穿过汉河岸边错落有致的灌木丛，老苗头赤脚踩在水里，看着黑脊背的小鱼儿在水底欢快地游，心里欢喜极了。他回头望了望村里唯一的桃园，桃树上开满了花儿，粉嘟嘟的，像垚垚红润的小脸蛋。风一吹，挟着淡淡的香气，好像在念叨三字经，又像是在跟他说：一年之计在于春，春天的田野里播种希望……

这是个真实的故事，是一个好朋友跟我讲的，他说消防大队的人真是动了脑筋，给他们讲的消防安全知识很有趣，说什么蝴蝶效应。

国家行动

最近几天，李云尔心里很不舒服。去年的这个时候，她也跟现在一样总不在状态，有一门必修课还险些挂科。

事情说起来并不复杂。暑假之前安排了各种同学聚会，有的是以社团的名义，有的打着老乡的旗号，理由五花八门。问题是，所有聚会都讲究 AA 制，花钱是让她最头疼的事儿。

李云尔原本很爱热闹，读高中那会儿，她时常在集体活动中抛头露面，出尽了风头。可是，读了大学之后，她再也找不到自己的优势，用流行的话讲，她缺少存在感。

这是一所令人艳羡的高校，在老家人眼里，能在这里读书等于祖坟上冒了青烟，是要受人膜拜的。爹跟她说过，今年高考的时候，有的学生家长还专门跑到她家门前，在那棵老槐树下放鞭炮。她觉得这是盲目崇拜，很可笑。可爹不这么认为，他始终为女儿感到骄傲和自豪，谁说不是呢？这档子事儿爹肯定是听娘说的，那会儿他在国外工作，说白了就是跑到异国他乡打工。她似乎能够想象到，爹会在工友中炫耀，说俺家彩云是高考状元，电视台都来采访过呢。

李云尔过去叫李彩云，是她读大学以后自作主张改了名字。她实在是看不上有些人的做派，好像乡下来的人就比别人矮三分，同宿舍的“大河马”就是这副德行，第一次见面就笑她的名字土得掉渣儿。“大河马”是她给对方起的外号，人长得丑俊先搁在一边不说，关键是那人长了个朝天鼻，很扎眼。

偏偏是这么一个人，还喜欢对别人品头论足，有什么啊，不就是有个经商的爹吗？那家伙凭的不是真本事，她先是参加了学校组织的夏令营，又在一个全国的比赛中拿了奖，靠自主招生进了学校，以后还要到国外留学。这是“大河马”自己说的，她还说只要有钱，就没有摆不平的事。那次，“大河马”喝了酒，还吸了烟，最关键的是说完话还“哼”了一声。她特别留意了那似是而非却又无比清晰的声音，透着不屑，也变得异常刺耳。

打那以后，“大河马”的一切都不顺眼了，无论穿衣打扮还是说话办事，都那么别扭。李云尔虽然打骨子里瞧不上她，但还是受到了很大的影响。

世界变得越来越浮躁，李云尔无数次地对自己说。她想跟“大河马”一样穿得体面一些，还有唇彩眼影粉饼之类的，虽然用不起名牌，最起码也得有。这是一个愚蠢的决定，李云尔因此付出了极大代价。

她跟家里要钱，短短一个学期，除去学费和生活费，她花了将近两万。为此，父母吵了很多次，爹说穷养儿子富养女，别人有的自家闺女一样都不能少；娘说生了丫鬟身，就别想当富家大小姐。李云尔认为娘头发长见识短，人靠衣装马靠鞍，女人的优雅是靠钱堆出来的。事后，她明显感到自己过于偏激，可她已经走火入魔，甚至无可救药了。

在手头紧张的时候，李云尔冒出过罪恶的想法。别看学校是国内屈指可数的名校，在那么大的校园里，发生任何稀奇古怪的事情都不足为奇。

“大河马”真是硌硬人，把这类人说得禽畜不如，还诅咒说这样的人有爹娘养没爹娘教，干了龌龊事儿爹娘准得跟着遭殃。

李云尔觉得“大河马”能看穿自己的心事，每次她刚产生那些古怪的打算，“大河马”就会言之凿凿地评论一番。很多时候，“大河马”偶尔瞥她一眼，或是跟舍友说句悄悄话，李云尔都会感到身上刺挠。李云尔想：她肯定是瞧不起我，绝对是在背后说我的坏话了。这个念头一旦形成，李云尔便像被施了魔咒，在反反复复的自责中无法自拔。她开始怀疑一切。

爹受伤的消息来得很突然，让李云尔觉得“大河马”身上有股诡异的力量，是那些诅咒显灵了，还是纯属巧合？她说不清。恼火的是，爹主动放弃了赔偿，说这个项目代表着国家形象，属于国家行动。这都哪儿跟哪儿啊，别说出国务工，就是在老家县城的工地上发生事故，也得打官司讨来补偿金，可爹说是自己操作不当，不能怪别人。爹一辈子种庄稼，准是被丧良心的老板洗了脑。

爹是个倔脾气，认准了的事儿一百头牛都拉不回来，说做人就得干良心活儿，吃良心饭。往下的日子可怎么办啊？李云尔有些犯愁。这些同学聚会是不能参加了，暑假的支教活动恐怕也得放弃，她决定找个好人家做家教。

这个计划是受了娘的影响，她目不识丁竟然独自跑到北京干起了家政，还一个劲儿地夸那家人心术正，说那家的男主人总是念叨，说别管干什么活儿都是在为国家做贡献，说到底都是国家行动。明明想让保姆死心塌地地干活，还要编出冠冕堂皇的理由。李云尔觉得整个世界都在嘲笑自己的无能，真是可悲啊。

很意外的是，李云尔又加入了支教的队伍，而且跟“大河马”刚喝了一场酒，她有些醉了，嘀嘀咕咕说些八竿子打不着的话题，出现频率最多的是“国家行动”。这个词我父亲经常挂在嘴边，她爹的老板就是我父亲，她喝醉酒把我说得一文不值，我心里不得劲儿，就竹筒倒豆子把话全都撂了。

现在，我还想告诉李云尔，她的母亲，哦，不对，是她娘，就在我家，这些事儿全是我父亲一手安排的。不管你信与不信，这事儿就这么凑巧。

李云尔真醉了，她把国家行动翻来覆去地说了很多遍，但我没醉，我还想问问她为什么非得管我叫“大河马”，要多难听有多难听。不过，我确实长了个冲天鼻，还有文章里写的这些，全都是事实。

一种声音

这是一段真实的经历，就发生在我的童年。

我的老家在乡下。小时候，我爸是公社党委秘书，“公社”这个名词带着明显的时代印记，相当于现在的乡镇。我爸是农村为数不多的党员，也算是个文化人，可他偏偏找来算命先生，给我拆了生辰八字，说我是天上火的命，不能沾水，否则有灭顶之灾。当时我还顶嘴，说洗脸也得沾水，干脆甭洗脸啦。很显然，我不认同这个观点，而且对未来的一切是漠不关心的，更别说什么命运不命运的了。三伏天下河摸鱼、洗澡，三九天到池塘里打滑溜儿、甩陀螺，那是再痛快不过的事情了。为这些，我没少挨我爸的打。

我的爷爷、姥爷，还有叔叔，他们都当过兵，因为对他们的崇敬，我打小就对军装有种莫名的好感。我经常会偷着穿上叔叔的旧军装，在柴火垛里抽出一根玉米秸，折断、劈开，经过组合，做成玩具冲锋枪，然后捧在胸前，趾高气扬地在街上走。滑稽的样子总是招来邻居们的笑声，我妈就会揪住我的耳朵，说我耍彪。“耍彪”是我们那一代的方言，有点人来疯的意思。

因为要彪，稍大一点儿，也就是小学三年级的时候，我差点丢了性命。

那天，我刚从学校乐队排练完节目，就抓起笛子跑到学校旁的河边。也凑巧，我的几个发小儿都在，我就跟他们说，咱们顺着河往下走。他们觉得这主意不错，就一起雄赳赳气昂昂地出发了。我记得当时我们嘴里还唱着歌儿，唱的什么记不真切了。

大概走了五里路，我们到了河下游的一个村子，那个村子的名字很特别，叫下河村。下河村挨着河边的地方是一片菜园，园子里有彤红的洋柿子、黑紫的茄子……花花绿绿的，很诱人。我忽然想起刚学过的一篇课文，跟野炊有关，就带头钻进了菜园里。

老家民风淳朴，到别人家菜园里摘个黄瓜、薅把韭菜，不会有人怪罪什么。但我们觉得正大光明地进园子不够刺激，就极其夸张地“偷袭”了菜地，好像所有人都有喜剧表演天赋。

我们把“扫荡”来的菜堆到了麦场上，找了几块石头，支起个瓦片，然后就地取材，从麦秸垛里抱回麦秸秆，塞到瓦片底下，用火点着。我还模仿大人的样子，用笛子当铲子，拨拉着瓦片上的蔬菜，当作是在炒菜。

这种异想天开的方式，很难实现我们的野炊计划，伙伴们就反反复复地往回运麦秸，嘴里也不闲着，发出拖拉机马达的声音。

接下来发生的事情出乎我们意料，却是情理之中的。附近的麦秸垛被引着了，我们被吓坏了，抓起麦秸秆就往火上扑腾，以为那样可以把火压住。结果，火借风势，越烧越旺。下河村的乡亲们带着水桶、铁锹赶了过来，这次是真闯了大祸，因为不远处有个小型的炸药库。

我被其他小伙伴拉着，跑到河边，在不远处的河沿上趴下，看见消防车来了，好多人从车上跳下来，拿着水管子往火堆上喷水。我猛然想起笛子落在了那里，不顾一切地跑回去，往火里扑。突然，一个吓人的叔叔一把把我抱了起来，还大声地训斥道：“你不要命了！”当时，也许是被吓蒙了，看着眼前穿消防服的他们，我没有崇拜，只有恐惧。

真是无巧不成书，我爸跟公社领导也赶过来了，为了不让他发现，我“扑通”一声跳进了河里，怎么也没想到，那里挖沙留下了一个大坑，我在水里一个劲儿地扑腾，身子慢慢往下沉。

那个吓人的叔叔又一次救了我，他把我肚子里灌进的水拍打出来，然后抱起我送到了我爸的怀里。这一次，我爸没揍我。

后来，我把这段经历写进了作文里，题目是“记一件难忘的事”，里面有一个细节遭到我爸的表扬——叔叔救我时，嘴里喊着，下河，下！

现在想想，那次闯祸的经历是一次刻骨铭心的记忆，那无忧的岁月承载的不单是无法忘却的快乐，还有更多无处诉说的情愫。从某种意义上讲，那些支离破碎的记忆片段，极有可能为梦想埋下一粒种子。

长大以后，我决定当消防兵跟这件事有很大的关系。因为我的梦想是寻找一种声音，那句“下河，下！”是阳刚的、无比美丽的音符，是一个生命为另一个陌生生命发出的最强音。

幸运的是，我找到了这种声音，它就在我的身边，是行进时的番号，是早饭前的歌声，是队列里的口令，是操场上的嬉闹，但更多的是灭火救援现场的呐喊，抑或是战斗胜利后的欢呼。

寻找老班长

那年春上，我时常让目光越过兵营的围墙，盯着不远处的景致发呆。班长看我总在那里发愣，便会喊我的名字。每次我都响亮地答“到”。作为新兵，“到”和“是”是我用得最多的字眼。

跟人们想象的不同，现实中的军营生活并非激情似火，相反，“直线加方框”的模式让置身其中的兵们感觉枯燥乏味——每天一个 5 公里越野，还有俯卧撑、仰卧起坐、单杠拉臂、双杠撑臂，都得完成 100 个——班长为这些起了个好听的名字：“五个一”工程。我跟不上高强度的体能训练，厌恶所有训练科目，进而后悔自己的选择。我甚至有了当逃兵的想法。在基层连队，训练成绩差的兵根本没有地位，我为此焦虑不安、烦躁迷茫。

班长是一个个头不高的河南人，当兵已经第五个年头，我们这批兵没入伍前就已经名声在外，据说抓管理很有一套，带的兵都有出息。在我看来，这纯属谣言。原因很简单，但凡我训练上出了差错，他就会皱着眉头用方言说：“噫，恁这个笨兵，不中。”这话从来不变样，于我却是极其刺耳的，仅仅几个字就否定了我的一切，几乎摧毁了我当兵后的所有梦想。年轻士兵渴求上进，具体到细节上无非是希望得到队伍前的一次口头表扬，哪怕只是一个赞许的眼神。这让我觉得班长的方法简单而粗暴。

我对班长有了强烈的抵触心理，在这种情绪的笼罩下，我用挑剔的眼神观察他的日常举止，还把他的“毛病”全都记录在日记本里。譬如说，他臭美且贪吃。每次周末外出，他会事先用不锈钢杯子装上滚烫的开水，用土办法把军装熨得笔挺；每逢食堂有土豆烧牛肉这道菜，他会私下跟炊事员打招呼，给他的碗里多盛几块牛肉。我用嘲讽的文字刻画了其中的某些细节，竭尽所能地丑化他的形象。

我忽视了一个问题，在部队内部特别是基层单位，没有绝对意义上的秘密可言。我的日记很快被战友发现了，然后被一张张兴奋的嘴巴传播开来。那段时间，我如坐针毡，诋毁班长的“罪证”白纸黑字写在那里，只等着他随便找个机会惩罚我。可是，日子还是那么平淡无奇，好像什么事情都没有发生一样，让我心里更加没了着落，猜想他哪天会给我“小鞋”穿。

当时，军营民谣非常流行，饭前饭后队上会用大喇叭播放小曾的《我的老班长》，听到歌词我就觉得别扭。我心想，如果班长年底退伍，这辈子我也不愿跟他联系。

五一劳动节的前几天，班长找到我，说你写的日记我听说了。我想坏了，该来的终究是来了。没曾想，班长说：“噫，恁这个笨兵，文笔不孬，五四青年节，恁负责出一期黑板报。”谁知道他葫芦里卖的什么药，说不定是故意创造机会让我犯错误，不行，不能中了他的圈套。在我明确拒绝后，他还是那句话，“噫，恁这个笨兵，不中。”依然是皱着眉头说的。

过了没多久，为了逃避训练，我假装肚子疼，班长骑着三轮车把我送到最近的一家医院。跑上跑下安顿好之后，他又跑出去买了一袋水果，又变戏法似的掏出一个随身听，装上一盒磁带，让我听歌解闷。随身听是崭新的，在每月只有35元津贴的我眼里，那是奢侈品。

磁带上全是军歌，除了小曾的《我的老班长》《军中绿花》，还有《一二三四歌》《东西南北兵》之类的，听到尽兴时，我也会跟着哼上几句，班长听到后便夸，“噫，恁这个笨兵，不孬。”看他是真心夸奖，一盒磁带听上几遍，我的心病也好了一大半。

“出院”之后，班长让我参加歌咏比赛。“有第一就争，有红旗就扛”是队上的老传统，队干部原本对上级组织的活动就非常重视，那年又赶上香港回归和建军七十周年，他们生怕我拿不到名次，班长替我打了包票，说这个兵不孬。那时我才发现，无论表扬还是批评，他都只有两个字，“不孬”或“不中”，显得极为吝啬。

比赛现场，我临时改换曲目，唱了《我的老班长》，而且一举夺魁。回到队上的时候已经是晚上，班长一直在营区大门口等着我。

那天晚上，班长恳请队干部加餐为我庆功，炊事员做了班长爱吃的土豆炖牛肉，在他没到食堂之前，我偷偷把他碗里的牛肉挑出来，我希望他跟往常一样翻来覆去找不到牛肉，等他嘀嘀咕咕埋怨一会儿，我再把藏起来的牛肉端出来，然后听他跟我说，“噫，恁这个笨兵，不中。”很意外，那次他只是象征性地吃了几块土豆，倒是一个劲儿地在队干部面前夸赞我，说我训练不中，其他的都不孬。

第二天一早，班长就回家探亲了，而我也因比赛表现出色调到了上级机关，跟他很少再有联系。

事后，确切地说是班长退伍之后，我才知道，在我比赛的那天，他收到妻子发来的电报，嫂子给他下了最后通牒，说家里困难，如果不提前退伍就离婚。直到那时我才想起，班长在营区大门等候我的时候，门口的街灯有些昏黄，孤零零地在头顶眨着眼，圆锥体的光圈拉长了他的身影，又被他自己的脚步踩碎了。还有，营区门前的柳梢在风里摇摆不停，仿佛遭遇了莫大的委屈，再仔细想想，好像那天的风很粗也很硬。

从那天开始，我便开始寻找我的老班长，虽然我不再唱那首歌，但心里却跟歌词写的一样，想问问他现在过得怎么样。嗯，我要找到老班长，亲口告诉他，他原本打算送给嫂子的随身听在我手里一直保存完好。

对了，我的老班长姓彭，河南人，个头不高，爱吃土豆炖牛肉，爱说“噫，恁这个笨兵……”。

第二辑　远去的老屋

哩儿喇

那年，我军校毕业，分到中队当排长。在基层，新排长缺乏经验，说话的分量抵不上老班长。但我总想着让兵们能够服气。事与愿违，连新兵都不拿正眼瞅我，仿佛我是中队最大的累赘。

小陈和小唐就是这样的人，他俩的表现让我“咬牙切齿”。

为了树威信，受“高人”指点，某天深夜，我拉响了警铃。兵们早已习惯战备执勤的节奏，他们瞪着惺忪的睡眼，紧张有序地跑到车库，着装、佩戴装备、登车，所有动作完成得行云流水。马达已经启动，我拦在消防车前，吹哨，下达命令：下车——集合——。

在部队有个习惯，集体活动后都要讲评，做个小结。原本，我是打算挑些毛病的，但他们训练有素，操作毫无瑕疵。我正琢磨着如何收场，小陈和小唐在队列里窃窃私语。

枪打出头鸟。我质问他俩嘀咕什么，两人对视，回过头来，不肯言语。我板起脸训斥：“说，背后里搞什么名堂？！”

小陈怯怯地答：“哩儿喇。”

这显然超出了预知，我有些傻眼。我的情绪变化似乎给他们添了底气，两人竟然不约而同地回答了那三个字，嗓门挺高，像是在挑衅。好你个“哩儿喇”，操场上跑十圈。

要命的是，此后很长的时间里，中队长都会拿这次紧急集合做反面典型，说出警已经很辛苦了，大半夜搞什么阵势？关键在于，中队长每回都会强调，这件事情是“据有关同志反映”的。至此，我跟小陈和小唐结下了“梁子”。好在中队任务繁忙，我们互相之间没有精力“钩心斗角”。

时间过得真快，一如飞奔火灾现场的消防车，横冲直撞，谁都无法限制它前行的劲头。

转过年来，小陈和小唐已经成为老兵。时至秋末。黄昏。天乌青着脸，仿佛遭遇了莫大的委屈。警铃响起，我们从四面八方奔向车库……出警，去城乡接合部扑灭一起民宅火灾。

车上，他俩还是那副德行，把脑袋凑到一起，像在议论惊天的秘密。问他们，他们依然回答“哩儿喇”。我心里想，等着瞧，回头修理你们。

那次，我们三人是一个小组，深入火场营救被困群众；那天，为了救我，小陈受伤。我带着满怀愧疚去探望小陈，他在病房里竟然又冒出了那三个字——哩儿喇。

小陈和小唐退伍了，带着“哩儿喇”的秘密。

时间一晃到了 2008 年。

某日午后，我接到小陈的短信：大哥，你还好吗？

我回复：神经，好得让你哩儿喇。

我并不知道，一场天灾降临天府之国。当天夜里，地震局的工作人员赶到我的老单位，机关大楼灯火通明。当意识到小陈那条信息的真正意图时，我打过很多电话，发了很多短信。揪心的是，小陈和小唐都联系不上。

次日凌晨，我所在的部队集结精兵强将，奔赴四川。第一批救援力量直奔都江堰，在那里展开战斗。战友用海事卫星电话告诉我，受地震影响，多数地区通信中断。在抗震救灾一线，每分每秒都金贵，我却因为担心两人的安危，还是占用了对方一点儿时间，委托他关注丹棱的动态。

在相距2000多公里的城市间，借助卫星电话，我与救灾队伍保持着密切联系。可与都江堰不到200公里的丹棱，他们却毫无音讯。我时常在地图上用目光度量彼此的距离，发现丹棱很远，远在天边，甚至在另一个星球。

第四天，我终于收到小唐的回复，只有两个字：都好。心里的石头终于落地。

那期间，我主动申请为一线部队写新闻，在“大后方”，这是我唯一能做的事情。新闻是要抢时效的，既然小陈和小唐都安然无恙，忙碌的工作便冲淡了我对他俩的牵挂。

好像怕被我遗忘，故意在刷“存在感”，他俩又进入了我的视线。当然，这是队伍离开四川后，我从战友们带回的照片里发现的——两人身穿迷彩服，在我们的队伍里。虽然有些模糊，我还是一眼就认出了他们。

电话打过去，两人正好在一起，真是巧了。我责怪他俩不要命了，非要到现场添乱。小陈说，咱这专业素质，不去当志愿者，可惜喽。一副舍我其谁的语气。小唐更可气，直接回了三个字：哩儿喇。

好家伙，又是“哩儿喇”。

似乎是为了搜集他们在现场添乱的“罪证”，事后，我依着照片，找到与他俩同时在场的战友，想了解两个人的表现。几位战友都不善言辞，但他们争先恐后地告诉我，那两位老班长牛着呢，不但能搭把手，还在现场唱歌，吸引受伤群众的注意力。这个我懂，在生命垂危之际，用这种方式为被营救者提供精神支撑，可以让对方拥有活下去的信念。看来，这两个家伙还行。

10 年之后，我匆匆赶到眉山。

小陈和小唐相约而至，分别给了我一个大大的拥抱。彼此寒暄之后，问及当年的事情，两人依然互相对视，笑而不语。搞得神秘兮兮，留给我很大的想象空间。

因为要写改制期的消防，我提出要去当地消防看看。他俩抢着说要带我去他们的老家丹棱。

车还未到丹棱消防，营区里便传来《步步高》的唢呐声，是当地群众来慰问的。听到欢快的曲调，小陈在一旁跟着哼哼："七寸吹吹拿在手，五音六律里边有，婚丧嫁娶请了我，日子越过越红火。"小唐告诉我，这是丹棱民谣，唱哩儿喇的，在救援现场唱的就是这个。

那一天，我醉了，他俩的热情奔放，一如高亢婉转的"哩儿喇"。我忽然发觉，真正了解小陈、小唐，乃至消防人，我用了将近 20 年的时间。这个时间不长也不短，足以承载很多记忆。

西宁印象

乘火车从甘肃兰州到青海西宁大约得三个小时的光景。因为有朋友的忠告，一路上我极为谨慎，生怕自己会有高原反应。到了西宁，我才知道，这里还算不上真正意义上的高原，也就后悔自己因为不必要的紧张，白白浪费了一路的风景。

冬天到西宁虽然无缘游览青海湖，但那里淳朴的民风还是让我觉得不枉此行。西宁是个多民族聚居的省会城市，汉、藏、回、维、蒙、撒拉等多个民族生活在这片富饶的土地上，到这里旅游的外地人甭管是哪个民族，也甭管是谁，即使无法用语言跟西宁人沟通，也不必紧张，因为每一个热情好客的西宁人都会把你当作自己的亲人。

初到西宁人的家中坐客，我被西宁人的热情豪爽惊得不知所措。

他们会为尊贵的客人端上满满一大杯加了糖和桂圆的砖茶，喝上一口，香气逼人，沁入心扉。西宁人吃饭也很有讲究，先端上麦子或青稞面做成的馍，然后上菜。待客人吃个半饱，主人又变戏法一样用小盘子端上两个酒杯，把热好的青稞酒捧到客人面前。因为主人至少要为客人连续端上六杯酒，不善喝酒的我端着这五六十度的青稞酒，心里难免打怵。外地来的客人大多听不懂当地的方言，我也不例外，这倒给好客的主人省去了不少敬酒词，正所谓酒不醉人人自醉，即便主人一句话不说，单看他们期待的目光和热情的笑容，我也情不自禁地端起酒杯一饮而尽。还有喝酒划拳、大口吃肉，让我真正体验了一回西北汉子的感觉。

西宁近郊的农村，正月里最是热闹。

或许是为了求得来年风调雨顺，淳朴的庄稼人趁着过年的喜庆劲儿闹起了社火。社火究竟闹了多少年，有多少年的历史，早已无法考究，单看他们的打扮，再听听当地人的介绍，就不得不惊叹民族文化的源远流长了。

走在闹社火队伍最前面的是三个大汉，骑着高头大马，身着古装，脸涂油彩，手持马鞭，大概相当于开路先锋，紧随其后的是一队人马，有三十多人，穿着平平常常的衣服，骑着马，肩扛各色旗帜，路过之处，踏起一路尘土，让人浮想联翩。

同行的好友见我一脸迷茫，就给我讲起了有关社火的传说。传说，皇室发生巨变，受民爱戴的皇帝计划在元宵夜逃出城外，老百姓闻讯自发组织闹起了社火，皇帝在脸上涂满黑锅灰扮作哑巴，随同的官员大臣也把自己化装成农民百姓的模样，于混乱中逃出城外。又如越王勾践一般卧薪尝胆后又夺回了自己的江山。从此以后，每年的正月里，百姓都会欢欢喜喜闹社火庆祝他们来之不易的幸福生活，这种庆祝活动代代相传，就形成了今天的社火文化。关于社火的传说还有很多版本，是否有历史依据早已无从考证。闹社火的人们在黄土地上载歌载舞，他们跳藏族锅庄舞、唱信天游、敲陕北腰鼓、演民族戏，甚至跳起街舞，无一不是对幸福生活的淳朴追求。西宁人闹社火是多民族文化的交融，时代的发展使社火有了新的演绎，他们不但继承了上古民族文化的精髓，也增添了许多新鲜的时代气息。

到西宁最值得回味的是塔尔寺。

塔尔寺是宝贵的民族文化遗产，她的建筑、她的雕刻、她的佛像、她的经阁、她的壁画、她的酥油花，或是富丽堂皇，或是古朴无华，琳琅满目，让人目不暇接。

神秘莫测的塔尔寺荟萃了藏族文化的精髓，来这里的藏族佛教信徒十分虔诚，他们用心捧着佛珠，嘴里念着祝福，向着佛寺磕头，用身体丈量着自己的灵魂。无法拒绝我对这座宝刹的崇敬，身披袈裟的喇嘛笑容可掬地迎接着来这里朝拜的人们，虽然我看不懂这里的风俗，但我分明感受到这里的宁静、这里的神秘，我听不懂僧侣们念的经文，但我感受到他们已经把世界上最吉祥的祝福送给了我。

我想，来这里的藏族同胞是满怀虔诚地朝拜这一精神的圣地，虽然我不是迷信的人，但我还是虔诚地瞻仰这片圣土，当我用手触摸转动着的年轮时，心底油然而生一种沧桑。

去塔尔寺的那一天正逢农历的正月十五，据说晚上会有酥油花灯的展览，虽然同行的好友迫切地希望我能留下来看一看这壮丽的人文景观，我还是委婉地拒绝了。或许我会后悔，但我想，还是留下些美好的遗憾吧。

潭柘情缘

京城的秋天是绝好的季节。选一个周末，约三五个好友，到王坡村走走看看，便会领略到别样的风情。

久居都市的人大抵都喜欢来自乡野的气息，泥土的芳香，山谷的静雅，还有这一时节漫山遍野特有的五彩斑斓，总会令人神往。当然，这些只是古老村落表象的景致，真正在这儿憩居数日，方可感知到一份属于历史的厚重。

这是一个有故事的村庄，即便有些只是村民口口相传的轶事，也能让人为之惊叹。

我们居住的客栈离潭柘寺仅有一公里，舍弃乘车，沿乡村光亮的石板小径拾级而上，品着山间沁心醉人的空气，赏着古柏劲松的翠阴，约莫半个小时就能到达。如果运气好，会碰到在树上嬉戏玩耍的灰褐色小松鼠。它们似乎并不怯生，像大山的主人一样，用美妙的舞姿恭迎远方的客人。它们长着蓬松的大尾巴，背上有五条明显区别于躯体毛色的线条，当地人称之为“五道沟”，很容易让人联想到清华大学所处的五道口。喜欢写作的人，总是会习惯性地由熟悉的风物产生些联想，而且特别希望某些想象能够带着些神奇的色彩。庆幸的是，这些“五道沟”身上传承着一个美丽的神话。

早年，王坡村有个书生考举人屡试不中，因不善农耕受人耻笑。一只修行千年的“五道沟”化身书童陪读，为之点烛研磨、打理生活，并看穿几欲侵扰的蛇精，与其同归于尽。书生中举后，为了感恩松鼠，在苦读的草棚旁塑了一个不大不小的神像，周边的读书郎都来祭拜，这些小精灵也就被当成神明，在这片山野繁衍生息，跟它们相关的故事也被演绎成多个版本，传得神乎其神。这些传说自然是承载了当地人朴素而美好的愿望，“五道沟”也的确是幼蛇的天敌，它们能在这里繁殖生长，不过是生态环境优良使然。

客栈门前有三株老核桃树，是店主“老三”祖上植下的，人们说树龄得有一二百年甚至更久远。它们究竟在这里经历了多少风霜无人知晓，但它们一直站在这里，像三位智者凝视过往的路人。“老三”说核桃树能够辟邪，也有圆满的寓意，祖上是借了后一种说法栽下了它们。现如今，巨大的树冠撑起了庇荫的大伞，树梢上挂满了游人祈福的红布条，成就了很多姻缘。因了红色的点缀，绿意盎然的大树煞是扎眼，那些枝丫如同伸出的手臂，向游人敞开了怀抱。

在老核桃树下吃饭是一种享受。王坡村原本叫王家坡村，先祖王氏两兄弟是从山西迁来的。过去，村民常年为比邻的潭柘寺捐供粮草，修行的僧侣与他们成为朋友，主厨的火头僧为了让武僧有足够的体力习武，就跟村民学习厨艺。到后来，明朝的永乐皇帝决定把皇都设在北京，也是依寺院的布局修了北京城。“先有潭柘寺，后有北京城”的说法就源于此。永乐皇帝登基后，还专门把寺里的火头僧和精通厨艺的村民请到不远处的定都阁，来自于山西的厨艺传到了宫里，王坡村的“厨子”成了御厨。

遗憾的是，当地的厨艺早已失传。“老三”是个有心人，遍访村里老人，按着他们的描述，远赴山西，从先祖生活过的地方请来了传承了数十代的一对厨师夫妇，顺应现代人的口味，创立了“潭柘王家菜”，荤素搭配得当，满足了人们的养生诉求。有人说，好的作家通常是美食家，在树下品尝过王家菜的朋友顾不上称赞，却担心“天价”，很世俗地问及饭菜价位，“老三”有些发蒙，有些木讷地说，够本就行。

这里的人向来如此淳朴，似“老三”经营的这家客栈的装修风格，简单、大方而不失禅意。在僻静的夜晚，在这样的房间里，用龙脉之水（当地九条山脉被誉为龙脉）煮茶，谈些与文学有关的雅致话题，很容易找到“文思泉涌”的感觉。如果再配以刚从山里树上采摘来的新鲜的红柿子，那空气里弥漫的就不仅仅是甜蜜了。

柿子是王坡村的特产，曾经为抗战立过功。

卢沟桥事变后，1938 年春，晋察冀军区第一支队政委创建北平第一个抗日根据地——平西抗日根据地，以牵制敌人，巩固边区。以青年学生为主力的游击队在这一带打游击，村民心疼这支学生军，把自家舍不得吃的口粮送给他们，以柿子、山杏果腹。困难时期，他们把树皮碾成粉，掺上柿子做成干粮，很多人因营养不良生了怪病，却拖着病身抢救伤员。抗战胜利后，组织上对村民进行表彰，却被他们婉拒了。但他们一直没断了跟部队的联系。

历史上，这里佛道双修，民风淳朴，但经济发展相对落后。“老三”和一群有志向的村人瞅准了“精准扶贫”的政策，筹资开了这家客栈，想影响和带领村民致富。聊到这个话题，忽觉茶香早已沁入心脾，茶道在这特定的环境下已然有了一种情怀。

临别时，“老三”跟我说了几句悄悄话，让我带朋友到他那里做客，说我俩之间有缘。我知道他不是在客套，因为他开的这家客栈就叫“潭柘缘”。我很爽快地答应了他。我还有一个想法，想让人们了解、传播有关王坡村的故事，还有北京城、潭柘寺的典故。

我相信，只要用心就会发觉，它的魅力绝不仅仅是目光所及的美景，而彼此的情缘则需要更长的时间去品味。

山枣树下

这次回乡，因为惦念着老家的那棵树，我几乎忽略了所有美景。

泰礴顶、烟霞洞、九龙池、无染寺、岳姑殿，不论走到哪儿，我都在心里碎碎念：秦始皇、汉武帝东巡至此，想要求得长生不老的仙丹；宋徽宗拜此地的“麻姑”为道家仙尊，立碑于昆嵛山中；王重阳、丘处机等道教名家在此修炼布道，创立了全真派……可是，长达千年的繁荣，却险些因战争而消失。

一

一颗手榴弹在敌军阵营爆炸，突击队向日军发起反攻。在密集的弹雨下，短短十几米的冲锋距离，突击队员全部阵亡。中共胶东特委书记理琪指挥部队撤退。一位前来给抗日队伍送饭的少年冲了出去，为了营救这位少年，理琪不幸中弹。

战斗僵持了 8 个小时，一直坚持到支援部队赶来，打破了日军不可战胜的神话。战斗虽然胜利了，抗日队伍却损失惨重。那名少年环视弥漫着硝烟的战场，眼泪直在眼眶里打转儿，当他看到理琪在牺牲前仍旧保持着战斗的姿势时，跪在地上号啕大哭。

1938 年 2 月 12 日，这次战斗打响了胶东抗日的第一枪。从雷神庙仅存的一张 0.8 平方米的铁皮雨搭子上，我看到了 138 个弹洞。我很难想象战斗的惨烈，更无法辨认哪个弹洞跟少年有关，我只知道战斗之后，少年找到了组织，要求参军。

理琪的牺牲让少年变得沉默寡言，他时常站在鱼鸟河边上，把目光投向远处，所及之处满目疮痍。昆嵛山脚下，经过战火的摧残，即将收获的高粱冒着青烟，丝丝缕缕飘向天空。山区贫瘠而凄凉，山腰上零零散散的野草掩不住黄土碎石，它们裸露着躯体。昔日美丽富饶的乡村，被侵略者糟蹋得体无完肤。他攥紧了拳头，咒骂着该死的战争。他瞪大了眼睛，把目光定格在那棵大树上，因为这棵树雄姿勃勃，挺拔屹立，张扬着不屈不挠的气概。

二

已经深秋时节，雷神庙却是生机盎然。绿藤上缀满了紫葡萄，还有金黄的丝瓜花绽放着笑脸在风中摇曳。如果不是遇到那棵大树，我不会相信这里曾是硝烟滚滚的战场。

虬枝苍劲的大树，深红色的果实悬挂在枝头，连成火红的一片。风雨沧桑，这棵树以不变的姿态凝视着过往的每一个人。

少年参军后，青梅竹马的女孩不顾家人的反对，总是到这棵树下等待少年。明知部队已经转战他乡，她还是站在那里朝那片简陋的茅草屋张望。那是部队的宿营地，她的心上人曾经在那里拼刺刀、练瞄准。

她不能不陪着大树站在那里。少年跟随部队离开的那一天，他们在树下匆匆见面，他们有一肚子的话要说，却始终说不出口。到末了，少年才说，等山枣熟了，我就回来了。两人分手了，她像想起了什么似的，唱起了山歌——泰礴顶高来山青青，龙泉叮咚哎声连声，十八潭呀么龙摆尾，梯田成片嘿彩云飞。

那是一棵山枣树。春天到了，细碎的小白花开满树间；夏天到了，树上结满了青翠的绿果实；秋天来了，山枣红了，少年却没有回来。

女孩终日以泪洗面，终于在某天晌午，她想明白一个道理。她把对少年的思念埋在心底，带着街坊邻居组建了支前队，把抢收的粮食送到队伍上，帮部队抢救伤员，甚至跑到几十里之外送情报。

转眼间，抗战进入了胶着状态，伤员多得吓人，他们常常因为营养不良而难以痊愈。战争使昆嵛山区更加贫穷，田间的庄稼也荒了，小米、红糖早就成了稀罕物，女孩把树上的山枣摘下来，又漫山遍野地寻找野山枣。她跟乡亲们一起用山枣熬汤，一口一口地喂给伤员，看着他们一个个康复，她心里欢喜，脸上却没有一丝笑容。她对少年朝思暮想，她为少年牵肠挂肚。

一晃 6 年过去了。

1944 年 8 月，出落成大姑娘的女孩把情报送到东海独立团，她遇到了日夜思念的少年。少年已经长大，当上了营长。少年让她回家等着，说马上就带队伍打回水道。

24 日夜里 10 点，强攻水道据点的号令一下，女孩就跑到树下。炮火冲天，她却没有一丁点儿的胆怯，她看到小鬼子和伪军在负隅顽抗，她看到少年第一个冲进了据点，把枪顶到了日军小队长的脑门上。

经过一夜的鏖战，少年所在的主力部队彻底端掉了这个拥有 300 多兵力的据点。次日清晨，女孩找到部队，却再也见不到少年的身影。

那一天是中国传统的七夕节。

三

那位少年是我爷爷的亲哥哥，在兄弟四人中排行老二，我的家人始终不肯接受他牺牲的事实。后来，家里人又把老三送到了队伍上，跟杨子荣一起在雷神庙兵站出发，去了东北的深山老林。临行前，女孩从山枣树上摘下果子，送给了老三。

怕少年断后，按照农村的习俗，我父亲出生后就过继给了他。女孩也一直认为少年还活着，当然，她把对少年的爱全都转到了父亲和我的身上。女孩一生未嫁，我喊她二奶奶。到我当兵的时候，二奶奶也是用那棵树上的山枣为我送行。

当地人并不知道这些细节，他们向我介绍说，前些年总有一位老太太在树下，向路人讲故事，说山枣树不但是抗日部队的救命树，还是爱人之间的连心树，还时不时地唱山歌：什么泰礴顶高来山青青，龙泉叮咚哎声连声，十八潭呀么龙摆尾，梯田成片嘿彩云飞……

我隐约觉得，二奶奶还站在树下，她把爱情守望成一树山枣。

梦中的红果树

耳畔猛然响起了爆炸声！

对面山坳一颗红色信号弹腾空而起，密密麻麻的手榴弹涌向头顶。顷刻间，短促连续的爆炸声震耳欲聋，横飞的弹片带着死亡的气息呼啸而至。我的身体失去了知觉，我的思维是活跃的，我像箭一样飞射出去，裹挟着心头的愤怒，轰然爆裂，我的躯体碎片一般扎向对面山坳。那一瞬间，我看到了扭曲的脸，听到了刺耳的惨叫……我很想看一眼自己的模样，但冲天的火光灼痛了我的双眼，我只是隐约看到，山脚那棵红果树上红彤彤的一片，比鲜血还要红。

这个诡异的梦让我久久不能入睡，梦醒之后，那份疲惫让我几欲放弃与一座小城的邂逅。小城的名字叫山亭。因为少了几分大都市的繁华和喧嚣，她在群山环抱中显得更加清新和优雅。同行的人们对山亭的美赞不绝口，欢声笑语时不时地撒向原野，只有我在梦境与现实间徘徊。

人群忽然静了下来，大家提着一口气，轻手轻脚地行走在八路军115师抱犊崮抗日纪念园，生怕有一丝声响，惊扰了先烈的英魂。只有我兴奋不已，好像一脚踏在了阔别已久的土地上。

没有冲锋号，没有呐喊声，伏在战壕里的突击队一跃而起，向日军发起进攻。罗荣桓跳出了战壕，部队潮水般涌上阵地，最后冲上去的一批竟是举着菜刀的伙夫和挥舞镰刀的马夫。

战斗虽然胜利了，八路军却损失惨重。环视弥漫着硝烟的战场，罗荣桓的眼泪直在眼眶里打转儿，在看到一具瘦小的尸体时，这位身经百战、骁勇果敢的115师政委再也忍不住了，他为一位叫不上名字的战士失声痛哭。

这位不知姓名的战士是峄县抗日民主政府县长送来的，他年龄太小了，负责兵员的部门说什么也不肯接收。县长急了，“官司”一直打到了师部，闹到了罗荣桓这里，这个战士才被特批留在了炊事班。罗荣桓记得清清楚楚，县长说过，这个战士家住运河村，在家排行老三，父亲被日本兵抓了壮丁，死在了运河岸边，他的大哥打贾汪一去不回，二哥打金山寺牺牲了，他的母亲孙茂英把小儿子送到了县里，她让县长把小儿子带走，还说，只要我老太婆有一口气，也要做军鞋、织棉布、攒鸡蛋，支援咱子弟兵！

不能让亲人老百姓寒心啊，罗荣桓破例收下了这个娃娃兵，谁曾想，无情的战争夺走了他的生命。罗荣桓抹了一把眼泪，把目光投向远处，所及之处满目疮痍，昔日美丽富饶的山亭被侵略者糟蹋得体无完肤。罗荣桓攥紧了拳头，咒骂着该死的战争。他瞪大了眼睛，把目光定格在那棵树上，因为那棵红果树雄姿勃发、高大挺拔，张扬着不屈不挠的气概。

已经深秋时节，八路军115师抱犊崮抗日纪念园里却是生机盎然，绿藤上缀满了金黄的丝瓜花。如果不是遇到那棵红果树，我不会相信这里曾是硝烟滚滚的战场。

虬枝苍劲的大树，深红色的果实像一盏盏灯笼悬挂在枝头，连成火红的一片，分明是梦中的那棵树。风雨沧桑，这棵红果树承载了一段光辉的岁月，也记载了一个感人的故事。

小儿子牺牲后，孙茂英把母爱洒向了所有八路军指战员。战争让八路军115师师部的驻地山亭更加贫穷，八路军指战员的生活异常艰苦，老百姓把抢收的粮食送到部队，115师的指战员又费尽口舌，再把那一点点儿粮食退回去。他们用地瓜秧、小米糠、花生壳和柿子掺杂在一起，磨成糊糊摊成煎饼做主食。这种煎饼很散，捧在手里直掉渣，吃到肚子里难消化，几乎所有人都得了便秘。即便这样，指战员们还是苦中求乐，把吃煎饼当作“读报”。孙茂英看在眼里，疼在心里，她招呼左邻右舍的妇女们到山里摘红果，炒成红果干，肩挑背扛地送到了115师，让指战员们泡水喝。

日复一日的操劳让孙茂英变得面黄肌瘦，身子骨儿一天不如一天，丈夫和三个儿子的死没有打垮这个农村妇女，日夜劳累却让这个坚强的女人倒了下去。时任峄县县委书记于化琪在得知噩耗后说，初来鲁南，我们一无政权，二无粮财，靠的就是人民群众……没有群众的支持，抗日根据地是建立不起来的。

红果树不但成了八路军的救命树，更成为军民之间的连心树！梦中的红果树让我肃然起敬。

旅程终究是仓促的，从八路军115师抱犊崮抗日纪念园返回的路上，我看到山野间到处都是红果树，玛瑙似的红果挂满了枝头，红红火火地连成一片。

车子驶进城区主干道，我发现所有党政机关都没有大门，没有院墙，他们像战争年代的八路军一样，敞开了臂膀，投向了人民群众的怀抱。区委区政府的楼房在面前一闪而过，我却清晰地看到，一个可爱的孩子在母亲的怀抱里，把小手伸向树梢，摘下一个红果。我似乎听到了孩子铜铃般的笑声。

空气变得湿润起来，因为孩子手里的那个红果，我唇齿生津，有一丝丝酸，又有一丝丝甜。没多会儿，我的鼻子也跟着酸了起来，但心里却很甜。

我想，这次山亭之旅还会让我再做一个梦，那棵红果树还会在梦里出现。

不，这一切都不是梦。那一棵棵成长在大街小巷和村庄田野里的红果树，已经像一面面鲜艳的旗帜，扎根在每一个山亭人的心里。那些红果树是山亭最亮丽的风景线，因为她那红彤彤的果实收获的不只是山亭人民的梦想。

远去的老屋

老屋在乡下，是外公外婆住过的宅子。

老屋只有三间瓦房，是胶东农村最为普通的房子。房子是石头垒的，房顶的瓦并不是一种颜色，瓦缝里间或冒出一株叫不上名字的野草。

老屋门前是一块空地，农闲时节是最热闹的地方。三五人撑起绣花的架子，分坐架子两侧，细细的针线绣出许多好看的图案。不绣花的妇人们坐在板凳或马扎上择着韭菜，聊些家长里短的事儿。而我则在靠近墙根的地方，捉蝴蝶，逮蚂蚱。

在这片空地上玩耍，最高兴的是听到卖冰棍的吆喝声。每次听到吆喝，外婆都会拉着我的小手，为我买一支冰棍，邻居们啧啧称赞：这外婆当得可真行，自己舍不得吃舍不得穿，给外孙买东西就从没心疼过。

这片空地上也有我辉煌的“战史”。我的敌人是一只芦花大公鸡。记不得是哪一年的夏天，在这片空地上多了一只与我作对的大公鸡，那是外婆养的。公鸡长得高大威猛，朱红的鸡冠在阳光下泛着光泽。它显然没把我放在眼里，傲慢地踱来踱去，见到我手里拿着吃的，就冷不丁地飞起来，狠狠地啄掉我拿着的东西。我打心里惧怕这只公鸡，它随时可能发起攻击的样子，让我不得不小心翼翼地躲着它。终于有一天，大公鸡忽然飞上我的肩头，啄掉了外婆给我买的冰棍，又乘胜追击，啄破了我的脸。恐惧变成恼怒，我拿起外婆绣花用的木头撑子，本能地在面前抡过，只听“咚”的一声，芦花大公鸡重重地摔在了地上。我以为自己闯了祸，担心外婆训我，慌忙躲进老屋。哪知没过多会儿，就听到了公鸡的叫声，那只鸡苏醒过来了。它依然傲慢地在屋前空地上踱步。都说鸡这种家禽记吃不记打，可是从那以后，它再也没有攻击过我。

走过空地，是老屋的门。门是老式的独扇木门，嵌着尺寸很小的花纹玻璃，贴着春节留下的剪纸。

老屋黑洞洞的，紧挨着门的是锅灶。外婆曾经在这个锅灶上摊我最喜欢吃的葱花饼，还曾经在锅底下的灶台里为我烧过地瓜、蚂蚱一类的东西。

里屋如城市住房的卧室，墙上贴着不少年画。阳光透过小小的窗户，照在老屋的墙上，为年画涂抹上了金黄而又迷人的光彩。有一幅年画叫“年年有余”，上面画的是一个胖娃娃抱着大鲤鱼。图案的正下方写着一行字“做赖宁式的好少年”，字迹歪歪斜斜，是我在炕上写作业时留下的纪念。

炕是北方地区特有的，冬天躺在上面是一种享受。在灶台里搁几块木头，让它缓慢地燃烧，散发的热量传递到炕洞里，带来持久的热度，让人在酣睡中美梦不断。

有一年的冬天，在这个炕上，一大早我从梦中醒来，哭闹着跟外公要蜻蜓。难以理解，我的想象力如此丰富，竟会在冰冷的冬天找蜻蜓。我哭也哭了，闹也闹了，蜻蜓自然是找不到的。外公只好带着我在院子的雪地里扫出一块空地，然后用木棍支起筛子，在筛子下面撒上几粒小米。一根长长的绳子，一头系在棍子上，一头扯在我的手中。筛子一遍遍地放倒、支好，一晌午过去，雪都要融化了，也没有逮到麻雀。但是，这个小小的游戏却让我意犹未尽，铜铃般的笑声洒满了老屋的角角落落。

此类事情数不胜数，估计外公外婆也很是头疼。譬如另一件让我脸红的事儿。

5 岁那年，还是冬天。我从柜子里翻出两瓶蜜橘罐头。柜子是乡下的标准配置，挨着房门，摆在里屋中央，正冲炕头。柜子的样子很笨重，打开可以放置杂物，关上能够坐人。家里来客，要么盘腿上炕，要么坐在柜子上。蜜橘罐头让我垂涎不止，我抱着它们不肯撒手。吃过晚饭，我跟外公说要吃罐头。外公摸摸我的小脑袋，说刚吃了饭，等明天天亮再吃。我抱着罐头钻进被窝，翻来覆去怎么也睡不着。时至下半夜，我忍不住学起了公鸡打鸣，把外公外婆吵醒，说是天亮了。忙活了一天的老两口哭笑不得，只好在我这“小公鸡”的啼叫声中打开罐头。

老屋周边全是与之类似的房子，不远处是一片柴火垛，中间摆放着磨盘和碾子。逢年过节，村里人会在这里磨豆子、打豆浆、做豆腐，图个“年年都富”。

再远处是一片菜园。园子里种着辣椒、茄子、西红柿，周围的篱笆上爬满了牵牛花，红红绿绿很是养眼。我在菜畦里、花丛中，闻着泥土的芳香，逮蛐蛐、挖蚯蚓，用来做鱼饵，到村边的池塘里钓鱼。

钓鱼时总能碰到村里的“孩子王”，一个叫刘开，一个叫刘学才。他俩比我胆子大，敢捅马蜂窝，甚至敢捉长虫。他们的顽皮劲儿，就差上房揭瓦了。

“长虫”是方言，官话称之为蛇。这种爬行动物至今让我毛骨悚然。正因为此，那时我对他俩多了几分敬佩，也对他俩的行踪多了几分好奇。

他们的足迹遍布村边所有山野，和尚洞、孙家井、黑牛石、老西堆、干饭盆子，乃至更远处的狗脚山。这些名字让人浮想联翩的地方，留下了他们的欢歌笑语。广袤的原野，也由此变得生机勃勃。

当然，他俩，还有我，都没有想到，很多年后会远离那片热土。那些难以割舍的情感，留在了记忆里的村庄，留在了牵挂着的老屋。

老屋一如既往地站在那里，安放着美好的童年，可我和“孩子王”只能行走在他乡，累了的时候才会回望那个美丽的小山村——生木墅村。

父亲的“一大”情结

一

父亲冲我大发雷霆，原因是我出差上海，没去中国共产党第一次全国代表大会会址看看。

“你还是党员吗？你还像个军人吗？”父亲问我。最近几年，父亲乐于被街坊邻居称为“老党员”，也时常把“党员”这两个字挂在嘴边。倘若别人对“党员”二字稍有不敬，他便会生气。不仅如此，他还一直认为，我的祖上与开天辟地的中共“一大”有着千丝万缕的联系。

父亲的主观意识严重影响了我，在某一时期，我总是做着同一个梦：夏末秋初的光景，在上海一个幽静的院落里，初凤林顺着花丛装扮的小路，拐了个弯儿，走到院中央，那里有一口大缸，缸里养着荷花。他在缸前驻足，我站在他身后，试图与他对话，但他始终不肯言语。

这个梦源于父亲的讲述，初凤林是他的祖父，也就是我的曾祖父。

父亲说，曾祖父与上海滩的一位邵先生是莫逆之交，邵先生参与过中共“一大”的筹备工作。父亲据此认定，曾祖父可能也为党的事业做过贡献。这一说法无从考证，唯一能知晓的是，他后来沾染了吸食鸦片的恶习，灰溜溜地返回老家。他在弥留之际对四个儿子说，这辈子最对不住的就是邵先生，希望孩子们莫学自己，能够去上海，像邵先生那样做些大事。

当兵之后，我发现父亲讲述的内容难以自圆其说，偶尔会通过电话跟他争论某些细节。每次遇到这种情况，父亲就言及其他，说什么“邵”与“初”是有渊源的，邵先生因此特别赏识曾祖父。的确，在山东菏泽地区，为逃避灾难，曾有邵姓人士举家改姓初，但这并不能说明什么。我甚至一度怀疑，在中共历史上是否真有一位姓邵的先生。

二

军校生活为我提供了便利条件，我在图书馆查到了很多资料。比如，邵先生虽然不是中共“一大”代表，但他作为上海党组织的早期成员，一直在为筹备会议操劳着。他不但与李达、李汉俊和张国焘等人共同起草了供“一大”会议讨论的文件，还把自己的家当作大会的“筹备处”，并险些遭遇白色恐怖。

邵先生的家就是我梦中去过的院落吗？真正找到了历史依据，那些梦境反倒离我远去，倒是战火纷飞的场景冷不丁地会涌进我的脑海。我难以用文字还原那些场景，只能感慨在那般艰苦的环境下，我们党在劳苦大众的拥护下一天天成长壮大，进而又一步步走向今日的辉煌。

我忽然明白父亲为什么要反复唠叨曾祖父的故事了，他是想用家族史教育我堂堂正正走正路。庆幸的是，我成为家族中的第四位军人。

曾祖父的四个儿子未曾去上海，却没辜负他的遗愿。老大参加了地下党，隶属于胶东抗日特委，又跟随部队转战南北；老二是东海独立团的营长，牺牲时年仅21岁；老三跟杨子荣是同一批兵，与杨子荣一起去了东北；老四，也就是我的祖父，留在老家负责传宗接代，他去世前再三嘱咐父亲，让我将来也去当兵。

我是家里的独子，父亲不顾家人反对，在高考和入伍之间选择了后者，硬是把我送到了部队。消防兵是和平年代最危险的兵种，我很多次踏入灭火救援的现场，也曾怨过父亲心狠。

很多年来，我与父亲的关系总是不冷不热的。直至前年，我受命连夜赶到某爆炸事故现场，见了太多的生离死别，方比以往更加挂念父母。一周之后返回北京，我才得知父亲为我的这次任务生了一场病，还专门让亲戚朋友瞒着我，怕我工作分心。

待我赶回家时，他仍未出院，我忽然感到有些难过，某一瞬间，我双目湿润。他看出了我的情绪变化，问我是不是个党员、像不像个军人。我第一次保持了沉默。他的火气来得急走得快，又换了一副语气，让我替他交上一笔特殊党费，说是要救助事故中的受灾群众。

我朝他笑了笑，因为我知道，他是想用这种方式向我传递一种声音。

三

我无意去拔高父亲的形象，在类似事情上更不能发表反对意见，好像多说一个字就会引发一场“战争”。

战争早已成为历史，能载入史册的是那些为革命献身的先驱们。曾祖父无缘此列，终究抱憾终生，他只能盼望子孙帮他遂愿。

今年夏天的某个午后，我终于来到了位于上海兴业路的中国共产党第一次全国代表大会会址。站在18平方米的客堂里，这里曾是“一大”代表李汉俊的家，我仿佛看到邵先生正在布置会场……而凝目望去，只剩下熙熙攘攘的游客。我小心翼翼地走过去，想要寻找先人的足迹，却猛地看到曾祖父在那里笑吟吟地站着，冲我摆摆手，压低声音跟我说，邵先生是忙大事业的人，太累，别扰了他的清静。

那天晚上，曾祖父破天荒地再次入梦。他还在那个小院里，院子中央有一口大缸，缸里蓄满了水，荷叶争先恐后地钻出水面，露出的尖尖角像一群孩童在招手。这一次，我就站在他的对面，我们像一对久别重逢的故人，说了很多悄悄话。他还是一副书生的模样，说话慢条斯理，只是在提到邵先生时，双眸才现出晶莹，比荷叶上的露珠还璀璨。

梦醒时分，我还不愿回到现实，猛然发现好多话还没来得及说出口。或许我应该给梦中的曾祖父买部手机，不管打电话还是发微信，我都得托他给邵先生捎个话。说点什么呢？干脆就说说身边的变化吧，可这好像一辈子也说不完。我隐约觉得，这一切似梦又不是梦。

邵先生名叫邵力子，是著名的政治家、教育家，他好像真跟我的曾祖父有些关系。当然，有些事情并不重要。

老墨斗

父亲

父亲一辈子不得志，却又过于爱面子。这让他非常反感。比如说，父亲很爱提过去的光辉历史，时常挂在嘴边的是，在某年某月某日的《人民日报》发过头版头条。

还是说说父亲那些陈芝麻烂谷子的事吧。

父亲早年在镇上负责新闻报道工作，算是老家的名人。有一次，父亲写了个稿子，大概是说，镇上发展养猪业，农户增收多少元。书记大笔一挥，在原有数字上增加一倍。父亲质问，一户多养一头猪，人的口粮够吗？很显然，那时候温饱问题刚刚解决。

那是1978年，他刚出生。老家烟台是第一批沿海开放城市，新成立的招商局点名让父亲去干秘书，父亲说，孩子还没断奶，需要人照顾。喂奶是女人的事，父亲偏要拿他做挡箭牌，纯粹是爱面子。

父亲那年在复习高考，阴差阳错的关系，没能上学。相比这个遗憾，他觉得父亲最大的遗憾，是关键时刻走错了一步。因为顶替父亲去干秘书的那位仕途很顺，前些年刚从很高的职务上退下来。父亲非常安于现状，偶尔有人喊一声“老师”，就乐得找不着北了。

父亲40岁的时候，老家冒出一个污染企业。街坊邻居说那是绝户买卖，让他写个状子，告倒企业。他当夜就搜集材料，准备动笔。企业老总是父亲的老同学，带着贵重礼品敲门，碰了一鼻子灰。没几天，家里的玻璃就被人砸了。又过了几天，在上学的路上，他被一群混混揍得鼻青脸肿，回家后，父亲劈头盖脸地骂他一顿，嫌他不学好，跟别人打架斗殴。

他不好意思也没脸说出事情真相，因为父亲竟然辞了政府的公职，去那家企业上班了。他觉得这事儿很丢人，父亲说小孩子家家懂个什么，都是老同学，抹不开面子。嗐，这面子要的，脊梁骨都快被人戳断了。

或许正是这些原因，他才选择了当兵。

临行前，父亲送给他一个礼物，在某个年龄段，他无数次想把那东西丢掉，因为它碍眼又碍事儿。

他

算是子承父业吧，他在部队当了新闻干事。稿子屡投不中。为了给自己找回面子，他便吹嘘父亲当年的“战绩”。战友羡慕不已，说真是虎父无犬子，在哪一期的报纸上啊，回头得好好拜读。他忽然心里发毛。

他跑到图书馆，把那一年的《人民日报》扒拉个遍，连个鬼影子都找不着。这牛皮可真是吹上天了。再想想父亲卑躬屈膝地让那家企业养着，他就愈加看不起父亲了。

有一天，母亲来了个电话，张嘴就哭，说父亲肚子里长了个瘤子。

他二话没说，订了当晚的机票。

经历过手术的父亲躺在那里，用一种奇怪的眼神看着他。那眼神里有期待、依赖，还有一丝无助和恐惧。

人在重病中常会思考一些平时不曾去想的事情，父亲亦是如此。父亲时断时续地说了很多，这也让他第一次了解了父亲。譬如，他耿耿于怀的童年经历。祖父去世早，父亲作为长子，要拉扯几个弟弟妹妹，那时候收入低得可怜，一分钱都金贵。可他依然无法原谅父亲向老同学奴颜婢膝。

父亲老同学来探望的时候，他刚从医生办公室回来。医生说肿瘤是良性的，这让他终于卸下压在心里的石头。彼时，他的心情是愉悦的，见到父亲的老同学也就客气了许多。

父亲老同学说，你爸是玩潜伏，标准的地下党。看他一脸懵懂，人家把经过一五一十地讲了一遍。原来，父亲曲线救国，在老同学的企业里当“高参”，影响和干预了一系列决策。

父亲有些不好意思地唠叨：说那些干吗，让公司少挣不少钱。

老同学眼一瞪，说可不能把这些事儿烂在肚子里，敢情要让大侄子误会你一辈子啊。

父亲叹口气，对老同学说，不知道还有几天活头，环保方面得治理，你得让我看见。

他心疼父亲，赶忙把病理分析结果说了。父亲兴奋地跟他握握手，他发现父亲的手上满是老茧，这才知道，年轻人热衷于外出打工，父亲爱惜土地，组织一拨老年人，把老家荒了的农田接过手，收成还不错。

那是 10 年前的事了。如今父亲早就变成时尚的老头了。这不，父亲根本不顾他的感受，正用微信跟他视频，带他在村子里“旅游”呢——

我同学把污染基本治理了，瞧这河水，一眼瞅到底儿，总书记说了，金山银山不如绿水青山。

再看这片菜园，纯绿色无公害，我办的那个网店，你得多宣传，发展电商是潮流。

……

父亲总算发现了他情绪反常。父亲说，我看新闻了，消防脱军装，归应急管理部，有啥想不开的，这是改革的大趋势……10年前你就营职了，战争年代营长可是要骑马的，你这思想觉悟差得很……我送你那个东西呢，你得好好供着，那是咱家的传家宝……

他在遥远的都市里，像个犯了错的小孩子一样唯唯诺诺。父亲还想说些什么，警铃响了，他拎起火场指挥服跑到楼下。

望着消防指挥车上闪烁的警灯，所有杂七杂八的想法都抛到了脑后。

我

我就是父亲送给他的那个礼物，我的名字叫墨斗。我从祖上传到他祖父那一代，祖父又传给了他父亲。他的祖父有三个哥哥牺牲在胶东抗战第一线，进队伍前，哥儿仨冲我磕头，说祖宗在上，墨斗弹出的线笔直，我们打枪也会一打一个准儿，一枪一个小鬼子儿。

他刚才也在纸上写了字，写的是：不管体制怎么改，军人本色不能丢，做人办事得跟墨斗弹出的线一样，不能歪。行，这话我爱听。

嘘！我得小点声儿，他这会儿已经打起了呼噜，别说，他的眉眼像极了他的父亲，连睡觉的姿势都很像。

仰望圣宫

天还没亮，李君就起床了。

李君没开灯，只是拿着抹布，蹑手蹑脚地在客厅和卧室之间走动。卫生早已打扫利索了，家具上、电器上，即便是最不起眼的角落，也都是一尘不染了，可李君还是不放心，反反复复地收拾家务。这些不会说话的家什肯定是有感情的，要不然怎么会在天色暗淡的情况下，闪烁着迷人的光泽？

家里的所有摆设都是结婚前李君亲自挑的，那个假期，李君逛遍了所有市场。货比三家，过日子得精打细算，李君专挑性价比最高的买。有些零碎物件，李君是自己一个人搬回家的，搬运费也是一笔不小的费用，能省一分是一分，毕竟双方老人年纪都不小了，需要花钱的地方还很多。李君时常为此感到骄傲，因为这些东西倾注了自己的心血。

这次回家休假，李君在不知不觉中养成了一个奇怪的习惯，在没人的时候，总会冲着某一件家具说悄悄话，近似病态。说了些什么，李君也搞不清楚，好像所有唠叨都没经过大脑。李君把这归罪于醉氧，所有在西藏工作过的人回到内地，都会有一段时间的适应期。刚回家的那几天，李君睡得昏天暗地，怎么也醒不过来。很多时候，也有一些模糊的意识，但更多的时候，是漫无边际的梦境，一遍一遍，没完没了。李君总觉得自己在云端飘荡，天是那么蓝，云是那么白，梦里的李君还是在西藏。

让李君无法忍受的是，美丽的梦总是被凶险的结局终止。女儿在梦里出现的时候，总是身处险境，关于孩子的一切，哪怕是在梦中，李君也不愿意去回忆。李君现在终于找到了病根，心爱的女儿都不理自己了，不冲着空气说话，又能跟谁说话？李君承认，跟所有亲朋好友都难以沟通，张口闭口都离不开西藏，跟大家伙永远不在同一个频道上。

女儿出生刚半年，李君就回到了部队，谁知道这一走就是三年，虽说现在可以通过 QQ 视频聊天，但这次回家，女儿还是没认出李君。李君为此很懊恼，也很伤心，从无数个噩梦中醒来的时候，总是泪洒枕巾。女儿乖巧懂事，总是扑闪着漂亮的长睫毛，用怀疑的眼神看着李君，目光里透着胆怯。李君心里难受极了，亲生女儿跟自己形同陌路，没有什么比这更残酷了。这不能怪别人，是自己对不起女儿。

李君这次休假只有一个目的，结束有名无实的婚姻。说实话，不能怪对方，谁也不愿意独守空房，李君深爱那个人，也正因为爱才选择要分手。一切来得都没有任何征兆，当李君拿出离婚协议书时，那个人居然“嘤嘤”地哭了，肩膀急剧颤抖，看上去让人心疼。老天实在是不公平，总是让有情人难成眷属，可李君偏偏认了死理，觉得必须马上把自由还给对方。事后，李君也懊悔不已，人家把女儿拉扯大了，自己却提出了这样的要求。这样的念头也只是一闪而过，李君偏执地想，自己没错，爱一个人就应该让对方更幸福。在实在说服不了自己的时候，李君就说自己到了更年期，高原生活让更年期提前了。

李君心里清楚，对于婚姻，自己选择了逃避，就像现在，必须赶在女儿睡醒之前离开家。李君知道，女儿不会挽留自己，不必担心难舍难分，在女儿眼里，自己只是一个临时的过客。但李君还是不敢直视女儿，小家伙的一举一动、一笑一颦，都聚集了两个人的影子。李君曾经动过转业的念想，却因此自责了好长时间，作为一个军医，相比那些在基层灭火救援一线的消防兵们，这样的想法似乎带着几分罪恶。

没有人会理解李君，他们认为李君着了魔，连小家庭都顾不上的人，在别人眼里是另类。或许只有父亲会支持自己了，可他老人家去了另一个世界，坟头已经长满了野草。李君把心头的野草清除干净，心也跟着亮堂了。艰难地抉择之后，李君大胆向对方提出了要求，但不得不承认，自始至终，那个人是支持自己的。这是事实。

天慢慢亮了，李君不再去想那些烦心事，一缕曙光透过窗户照射进来，李君开始准备早餐，女儿挑食，要给小家伙的早点做出花样，那个人爱喝冰豆浆，要给煮好的豆浆降温加冰块。李君嘴里念念叨叨，一边忙活一边看着时钟。李君心里打算，做完这些事情后，留个字条走人。

太阳已经在天边露出了圆脑袋，李君的身影越来越清晰了，在把最后一盘小咸菜端出厨房时，心中陡然生出了委屈。李君泪眼蒙眬地盯着饭桌，步子变得有些迟缓。

稚嫩的声音让李君愣怔了好一会儿，是女儿，是那个人见人爱的小机灵鬼。女儿说，妈妈，你今天要走了吗？你送给我 50 元钱吧，想你的时候，我就看背面的布达拉宫，爸爸说那是圣宫，你在那里工作。李君找出一张 50 元的钞票递给女儿，女儿蹦蹦跳跳跑到那个人跟前，举起手中的钞票，冲着阳光不停地看。

李君心中的坚冰瞬间融化，泪水不知不觉从眼角流到了嘴角。李君咂摸了一下，泪水的滋味有点咸，有点苦，还有点甜。那个人把女儿抱了起来，回过头对李君说，过来一起看圣宫。李君点点头，答应了。

在灿烂的阳光下，女儿用小手举起了那张钞票，李君蹲下来，把脸凑过去，脑袋碰到了丈夫的额头，他们相视一笑，什么话也没说，抬起头，一起仰望圣宫。

无法抹去的记忆

这是一个熟悉的营区。

上次到这里，也是这个季节。

记得那天晚上，我接到《中国消防》杂志主编王英的电话，让我连夜赶到天津。临行前，我让家人帮忙订票，回话说没票了。事后才知道，这是个善意的谎言。而我在去天津的高铁上，忽然想跟老家的父母说句话，接通电话后也不由自主地撒了个谎。

随后一周的采访，自认为很坚强的我时常泪流满面。那次我就在爆炸核心区。

现在我在天保大道消防中队，这里是烈士宁宇生前所在的部队营区。经历过巨大悲痛之后的中队秩序井然，消防官兵们各自忙活着手头的事情，他们用青春把这个秋天的午后变得火热。

上一次来这里是 2015 年 8 月 15 日的夜晚。那一天，老天似乎也在为逝去的英雄惋惜，看不到月亮，星星也蔫头耷脑地躲在云彩里，天气却闷热得要命。就在这样的天气里，宁宇父母来到中队，想看看儿子曾、生活过的地方。

宁宇是个95后的小伙子，从照片上看，他青春、阳光、帅气，脸上溢着笑容。来部队前，孩子还在自己面前撒娇，不到一年的时间，竟阴阳两隔，这对失去爱子的夫妻根本无法接受这一残酷的现实，但令我敬佩的是，他们强忍着泪水，走遍了中队执勤楼的各个角落。

在宁宇吃饭的座位上，两口子坐下，又站起来，用手一遍遍抚摸面前的餐桌；在洗漱间，他们看到摆放整齐的洗漱用品，目光长久地注视着毛巾上“中国武警”的字迹；在宿舍，两个人打开已经封存的学习桌抽屉，拿出儿子的记事本，上面有学习笔记、心得体会，还有歌词和临摹的漫画，他们在一页纸的下方看到一行字——今天，新兵集训结束了，在结业典礼上，总队首长说，天津消防是个英雄辈出的部队，我来自黄继光的故乡，我也要当英雄。这行字的末尾加了三个重重的“！”，还画了一个笑脸图案。看到这里，宁宇母亲蒋明琼肩膀一耸一耸的，她在竭力控制自己的情绪。当时，我的心被揪紧了，心里默默念叨，难受就哭出来吧。

当看到儿子的床铺时，蒋明琼趴在床沿，把头埋在被子里，闻着儿子留下的气息，终于失声痛哭。声音不大，有些沙哑，却揉碎了在场每个人的心。丈夫拉住她，蒋明琼不顾一切地扑回床上，丈夫拽了几次，索性搂着她和儿子的被子，任由眼泪肆意横流。

这些画面清晰地印在我的脑海里，我匆匆地离开那里，跑到了楼下的训练场，想忘掉这些伤心的事。但这根本不可能。

训练场的一侧有一个硕大的篮球场，爱打篮球的宁宇曾经在这里留下了汗水、笑声和飒爽的英姿。也就是在这里，那天晚上，幸存的中队官兵列队为宁宇父母送行。蒋明琼把宁宇生前玩过的篮球抱在怀里，她要把它带回家留做纪念。

宁宇父母步履沉重地走过队伍，队列里的兵们齐刷刷地敬礼，他们异口同声地喊：“爸爸妈妈，我们永远是你们的儿子。”蒋明琼手里的篮球忽然掉到地上，她向前跟着小跑几步，追赶离自己远去的篮球，嘴里嘀咕：“儿啊，别再顽皮啦，你不跟妈回去也就罢了，怎么也不让它跟妈回去做伴呢？”那一瞬间，我再也忍不住泪水，看着她瘦弱的背影渐渐模糊，我的脑子里一片空白。

此时，我就在蒋明琼弯下腰抱起篮球的地方，盛夏的阳光投射在头顶的大树上，树冠被涂满了璀璨，熠熠生辉。我抬起头，视线穿过树荫，焦干的眼角变得有些湿润。

我知道，那些与生命有关的记忆，将从此镌刻在我的生命里，永远无法抹去。

未了的心愿

天哭丧着脸，阴沉沉的，好像遭遇了冤屈，随时都会掉下眼泪。

这种天气已经持续了三天。当地人说，为了一个消防兵，老天爷都在难受。这个消防兵叫邹宁浩，他牺牲的那一天，义乌莫名其妙地下了一场雨，而后就一直阴天，半空中堆积的云层灰蒙蒙的，让人感到压抑。

一

宁浩给我的印象是耿直、率真、开朗，很少不开心或者发牢骚。可不知怎么了，他忽然间给我发信息，说工作很难开展，压力很大。惭愧的是，我没把这句话当回事儿，只是回信息调侃，问他是不是失恋了。

他马上就 30 岁了，还没有正儿八经谈过恋爱，我时常拿这个话题取笑他，有一次还奚落他说，甭娶媳妇儿了，搂着你的邮票过日子吧。

他喜欢集邮，而且专门收集跟消防有关的邮票。他说，每一枚邮票背后都有故事，承载着消防发展的历史，我得好好研究研究，将来也加入全国公安文联集邮专业委员会。

他时不时地发朋友圈，很“高调”地展示自己收藏的邮票，我就笑他穷显摆，让他把主要精力用在工作上。

事实上，这只是我跟他之间的玩笑话。他是消防部队的基层宣传报道员，在火灾扑救现场负责记录相关影像资料，任务结束后要写新闻宣传稿，五冬六夏天天如此。

我们都是夜猫子，很多个深夜，他通过微信问我有没有休息，然后唠唠叨叨地让我注意身体。在遭到我的抗议后，他便调皮地发来一连串的笑脸表情，说我在义乌陪你一块熬夜呢。

我了解他的脾气性格。他在工作中是拼命三郎，别人出警归队休息，他还趴在电脑前写稿子。他对每一篇稿子都字斟句酌，他想通过自己的文字让更多的人了解消防、关注消防。为此，他把十年来的新闻作品结集印刷，在 2016 年 11 月 9 日全国消防安全宣传教育日这一天，免费发放给群众。

他一直在为这个目标努力着。他曾经设计了一套消防十二生肖剪纸，请人制作出来，分发给群众。他平日里省吃俭用，工资大多用在了跟消防有关的集邮、剪纸等方面，当然还有他常年资助的几位贫困学生。

二

我终于知道了宁浩为什么而伤心。

前不久，当地发生一起火灾，一位政府聘用的专职消防员在火灾扑救中光荣牺牲。

支队编制人员紧张，他受命为这位消防员报请烈士时，某部门负责人嫌提供的资料不全面，说图片无法证明火灾等级，不能说什么就是什么，空口无凭，难以办理。为这事儿，支队收集了很多资料，但人家还是把支队领导数落了一番。

他为此而自责，给母亲打电话说自己失职了，为了抢时效，当时拍了几张照片就回支队赶稿子去了，早知道就坚持到最后了。母亲不知道怎么安慰他，只能劝他想开点儿。宁浩说特别难过，那个战友虽然不是现役，但同样是为救火献出了生命，怎么就会有不一样的待遇呢？

那个消防员的母亲早已去世，跟父亲相依为命，中年丧子的悲痛让他心疼，他掏出所有现金，交给那位父亲。回到支队后，他跟我联系，发了一些牢骚，说再遇到这样的事儿，一定不会留下遗憾。

他牺牲后，那位父亲把他捐的钱又送到了他父亲的手里，两位中年人相视无语，他们内心掀起的波澜无人能懂。

此时，再回想他说过的话，我似乎明白了他的心思。

三

最了解宁浩的是他的母亲，生前他每天都会给母亲打电话，除了问候，更多的是汇报当天的工作情况。

他跟父亲都是消防兵。父亲当年是同批战友里的佼佼者，一直担任军事教员，在各级比武中数一数二，却因为初中文化而没机会提干，回到地方后，母亲拉着父亲的手，说咱来年生个儿子再去消防。

他如愿以偿地当上了消防兵，而且一干就是 11 年，取得的成绩超越了父亲。但阴差阳错的，他在军校招生考试时失利，没能当上干部。他私下里跟我说，将来结婚后也生个儿子，再送到消防部队，不信当不了干部。我开玩笑说，你光顾着工作，谁能喜欢？他不服气，说消防是我的职业，我的另一半应该理解和支持我。

是啊，都知道消防这个行业危险，可谁都想不到，一个跟文字打交道的新闻报道员会在执行任务时失去生命。水火无情人有情，诸多媒体关注到这个平凡的基层新闻工作者，把他誉为“战地记者”，很多在工作上跟他有过联系的媒体人纷纷撰写文章，悼念这个生活在他们身边的英雄。过去他为别人写文章，现在别人为他写文章，可是，所有人都跟我一样，不希望他以这样的方式成为“新闻人物”。

我现在要告诉宁浩，在“关爱消防”专项基金的资助下，全国公安文联已经帮你出版了新闻作品集，并把你收藏的邮票编辑成册，办了一次展览。还有，那位牺牲的消防员已经被评为烈士。

只是，你娶妻生子让儿子再当消防兵的遗愿再也无法实现了。

哦，对了，我已经到达义乌，现在正在去你出事地点的路上。还有，天已经放晴了，有人跟我说这是你在天有灵，知道我会来看你。不管怎样，这个说法我信了。

或许你已经知道了，你资助的学生郭小会来给她的“邹爸爸”送行了，还有数万名你素未谋面的群众也自发来给你送行。我相信，你逝去的生命留给他们的不只是惋惜和心伤，还有痛定思痛的警醒。

这或许正是邹宁浩未了的心愿。

初一十五看月亮

上弦月挂在天边，如水的月光被树枝剪成了不规则的形状，透过窗户映在地上，像个玩累了的孩子睡在地板上，显得特别安详。

何晓娟的房间里没亮灯。她时不时地抬起头，向窗外张望。两座楼宇之间的距离不宽也不窄，按丈夫和儿子的话说是完全符合防火间距。穿过它们便是一条马路，马路对过是烈士陵园，笔直的纪念碑被月光披上了银辉。

儿子牺牲后的这几天，她多了个习惯，喜欢借着月光择韭菜。每天不多也不少，就那么一小把，一棵一棵攥在手里，把叶子上的泥土收拾干净，也就打发了时间。她也搞不清为什么要这么做，却总觉得手里得有点营生，否则心里就会没着没落。

那天晚上，她决定亲手为我下一碗面条，那是儿子生前最喜欢的。她说，把择好的韭菜用刀切成碎末，捏上一小撮儿，把它们撒到碗里，绿的像翡翠，白的像珍珠，都说“三月韭芽芽，羡煞佛爷爷”，开春的头镰韭菜能鲜死个人……我仿佛已经从她的描述中闻到了扑鼻的香味。

她忽然不再言语，把择好的一棵韭菜小心翼翼地放在脚边，好像怕惊扰了正在地板上休憩的月光。她把额前的头发捋到耳际，长久地盯着地板发呆，叹了口粗气，才站起身来，漫无目的地在房间里绕了一圈。事后，我才知道，她把择好的跟没择好的韭菜全都搞混了。她说自己心不在焉，把魂儿全都搞丢了。

儿子当兵已经 11 个年头了，在何晓娟面前却永远是个孩子。

那天下午，儿子打来电话，话赶话聊到了布置婚房上。她当时有些生气，换了副语气，说真能瞎扯，一点儿也不讲信用，前年、去年就说要把女朋友领回家，女朋友在哪儿呢？儿子说，我这么优秀，给你找个儿媳妇分分钟的事儿。她说行，赶紧把女孩子领回家。儿子嘻嘻哈哈好一阵子，才故弄玄虚地说，别急，美女还在我丈母娘肚子里呢。她便骂儿子没个正经样子。

娘俩闹了好一会儿，最终还是儿子赔了罪，他刚道了歉，又让母亲把阳台归置好，说最好能坐在那里喝茶赏月。母亲反问，就你还有那闲心思？回到家光知道坐在那里写东西。儿子说等着啊，过年回家，正月初一陪你看月亮。一提到这个，她就不乐意了，你别成天瞎掰扯，每年春节你都说忙，今年还想糊弄我。儿子说，过年回不去，就元宵节回去，十五的月亮圆。她忽然有种被戏弄的感觉，大年初一哪儿来的月亮呢？儿子乐呵半天，说老妈你可真没趣，初一十五看月亮，这家不圆那家圆，懂不懂幽默啊。好啊，你幽默，就你懂幽默。她气呼呼地挂掉了电话。

也罢，好多事情或许都是命中注定。

何晓娟在结束通话前，听到手机里已经传来警铃声。儿子肯定是又出警了。

就是这次出警，母子阴阳两隔。何晓娟多希望这一切都是个梦，可她清楚，很多事情一旦发生就再也回不去了。

儿子走后，何晓娟养成了一个习惯，喜欢借着月光择韭菜，她感觉眼前的韭菜都有了生命。她说了一句让我无限心伤的话，她说如果儿女跟韭菜一样就好了，割了一茬又一茬。

我似乎不必担心她的现状，因为她找到了一个可以缓解丧子之痛的事情——每逢周末，她都会跟丈夫一起去做公益，那里有儿子生前资助的孤寡老人和学生，他们还时常去学校给孩子们上课。总之，她觉得做这些事情很有意义。

记得那次告别时，何晓娟看着离家不远的烈士陵园跟我说，儿子走的那天是农历廿八，半空中也有那么个小月牙。

我清楚地记得，那天的上弦月在烈士纪念碑的上方，跟她儿子一样，有些调皮地晃了晃身子。何晓娟在月光下跟我说了很多话，她说那里离家很近，又很远，但不管怎样，她都打算陪儿子一起看月亮，看一辈子。

如今，她儿子的名字早已铭刻在那座纪念碑上。我的好战友现在终于可以休息了，可我还是希望他能跟以前一样忙忙活活。写完这篇文章的时候，我隐约又看到了他古怪搞笑的样子，刹那间，我想笑，却哭了。

我现在已经关上了电脑，走到了窗前。受邹宁浩母亲的影响，我习惯了在黑夜里注视着窗外的月亮，然后慢慢去体会他的那句话："初一十五看月亮，这家不圆那家圆。"

第三辑　午夜的风雨

歪脖子树能雕龙

我并非艺术家，提起“歪脖子树能雕龙”，是想起了一位姓胡的战友。那是很多年前的事情了。

1997 年年底，喊惯了“班长好”的我摘下了列兵衔，成为一名新兵班长。从上任那天起，我就盼着班里的新兵个个顶呱呱。事与愿违，新兵小胡工作不错，可就是在队列训练时习惯性地歪脖子，而且动作总要比别人慢半拍。战友们都戏称他“胡歪脖儿”，我也是恨铁不成钢，时常挖苦他几句。烦人的是，他还特别乐于在大家面前出风头，让众人为他贴上了“爱表现”的标签。如此一来，他不但成了我的重点“打击对象”，也受到战友们的排挤。算他识趣，半个月后，他安生下来，变得沉默寡言。

排长看出了苗头，把我批评一通，然后意味深长地送给我一句话：“歪脖子树能雕龙。”我顿时愣在那里，排长这是搞得什么西洋景啊。见我不说话，排长继续开导我：“伸出手，十个手指头能一般长吗？”我似懂非懂，但对小胡的态度依然不变。

不知道小胡是怎么熬过了新兵连的几个月。下连之后，有关他的评价跟到了连队，他觉得再努力也白搭，险些当了逃兵。为了远离人群，他主动要求当了饲养员。他非常清楚，在人们眼里，自己只是一个养猪的，那是件很丢人的差事儿。不知道他经受了多大压力，只是听说他变得更沉闷了，每天对着猪圈自言自语。

后来排长专程去了他的连队，也不知使了什么锦囊妙计，小胡变了。当年年底，他立了三等功。事迹材料上说，他爱岗敬业，工作勤恳，靠科学养猪为连队创收数万元。那个年代，万元可是天文数字。

上周末，久未联系的小胡打来电话，邀我到他那里转转，提提意见，说是自己的公司打算明后年上市。我一直关注着他的动态，知道他的公司规模很大，形成了养殖、加工、销售、物流的产业链，效益很好，是当地的纳税大户，而且员工一多半是退伍军人。

看来，小胡有部队情结，这让我由衷替他高兴。但我还是忍不住问他："不记恨我吧？"

他说："感谢你还来不及呢，那是我最宝贵的一笔财富。"

坦白地讲，我受之有愧。我不得不承认一个现实，倘若当初小胡破罐子破摔，后果不堪设想。

我不禁想起纽约州第一位黑人州长罗杰·罗尔斯。他出生在贫民窟，小时候赶上美国嬉皮士流行，他跟所有孩子一样，逃课、打架、斗殴，整天无所事事，令人头疼。幸运的是，他碰到了小学校长皮尔保罗。某次，他在恶作剧时听到校长对他说，我一看就知道，你将来是纽约州的州长。从此，"纽约州州长"就像一面旗帜。在他 51 岁那年，真的成了纽约州州长。我猜想，排长或许只给了小胡一个赞许的眼神。因为，每个人都渴望着别人的期待和赞美。

我还想起古希腊的一个神话。神话里有一位善于雕刻的国王，性情异常孤僻，孤寂中他用象牙雕刻了一座心目中的美女像，时间长了，他对自己的作品产生了爱慕之情。他祈求爱神阿芙洛狄忒赋予雕像生命，爱神被真诚感动，让这座美女雕像活了起来，嫁给国王为妻。这个国王就是皮格马利翁。

在这个神话的基础上，美国著名心理学家罗森塔尔在助手的帮助下，在一所小学做了一次实验：他声称要进行“未来发展趋势测验”，以赞赏的口吻将一份“最有发展前途者”的名单交给了老师，叮嘱他们务必保密，确保实验的正确性。其实他撒了一个“权威性谎言”，因为名单上的学生是随机挑选的。半年多后，奇迹出现了，凡是上了名单的学生进步神速。显然，罗森塔尔的谎言对老师产生了暗示，左右了老师对名单上学生的能力的评价；而老师又将自己的这一心理活动通过自己的情感、语言和行为传染给学生，使他们强烈地感受到来自老师的热爱和期望，变得更加自尊自爱、自信自强，从而使各方面得到了异乎寻常的进步。后来，罗森塔尔把这一现象命名为皮格马利翁效应。

在中国的古代也有过这样的例子。管仲在做齐国的宰相以前，曾经做过押解官。与别人不同的是，他从未亲自押送过犯人，而是让犯人按照自己的喜好安排行程，只要在预定日期赶到就可以了。犯人们感到这是管仲对他们的信任与尊重，因此，没有一个人中途逃走，全都如期赶到了预定地点。由此可见，对一个人的积极期望会对人的行为产生巨大影响。

没有一个人不渴望别人的赞赏和鼓励，因为它可以让人生成自信，进而转变为动力。反之，消极的心理暗示则会使人自暴自弃，放弃努力。庆幸的是，小胡碰到的是前者。哈佛大学的校长曾经说过，哈佛大学并不为培养了六个总统和那些诺贝尔奖获得者而自豪，而是为了能让每个金子都发光而自豪。我们应该去寻找别人身上的“闪光点”，然后鼓励和赞赏别人，因为人类本性中最深刻的渴求就是赞美。只要我们能真诚地给别人一份热情的期待和肯定，哪怕只是一句小小的问候和鼓励，也会有意想不到的效果。

没错，生活中的您，如果独具慧眼，许多“歪脖子树”都会变成能雕龙的虬枝。

救助金

生活中总会有令人啼笑皆非的事情，甚至于主动做好事，也会遭到对方的排斥。

我曾经带过一个兵，他父亲英年早逝，他与母亲相依为命，直到入伍参军。依他的性格，决不允许用任何方式公开自己的姓名，那我们姑且称他为小尹吧。

我是他的指导员。指导员在部队里是最基层的政工干部，不管搞教育还是谈心，主要任务是要负责官兵的思想稳定。这种说法很抽象。如果把连一级的单位比作一个大家庭，军事干部是爹，政工干部是娘，毕竟他们管着兵们的吃喝拉撒睡。虽然这是个不太恰当的比喻，却很生动。按照这个思路来说，真要碰到手下的人想不开，指导员必须得婆婆嘴妈妈心，具备足够的耐心和定力。但我脾气急躁，好像天生跟这个职务“犯冲”。

小尹就是我眼中的“重点人”。熟悉部队的人都知道，人们通常把有思想波动、可能发生问题的官兵当作“重点人”。过去，离婚率低，那些在单亲家庭中长大的人，常被划归“重点人”。

因为上述原因，我对小尹就多用了些心思。得知他的母亲生病时，我向上级申请了家庭困难官兵补助金。这个说法有些绕口，我们私下里管它叫“救助金”。

当我把钱送过去时，他憋红了脸跟我说，指导员，你把钱退回去吧。

我有些不敢相信自己的耳朵，说如果嫌钱少，回头我再发动大家捐款。

小尹支吾半天才说：我丢不起那人。

钱是不能退了，我只好按照花名册上的地址，把钱寄给了他的母亲。想想救助金确实不多，我又从个人积蓄里拿出一部分，一并寄了过去。

不久，小尹找到我，说我太过分了，用不着我施舍。我解释半天，他还是抱定这个念头，皱着眉头黑着脸，做出一副苦大仇深的样子。我一琢磨，这都哪儿跟哪儿啊，把好心当成了驴肝肺。他当时就发誓，要把钱还给我，可过了大半年，也没有动静。

我当然不希望他还钱，可心里边不舒坦，心想这得有多虚伪啊。之后，我对他就另眼看待了，觉得他人品有问题。碰到工作中出现差错，哪怕只是小小的失误，批得也比别人狠。这一度成为我的习惯。排除对他的成见，我还有个想法，既然家境不好，我就得多下些功夫，帮他成才。

这种情况持续了半年多，直到我调到另一个单位。临走前，小尹送给我一张欠条，让我以后注意点儿，少在别人面前秀优越，更别因为帮助过别人，就不把别人当人待。

我心里清楚，他对我的批评忍了很久。可我比窦娥还冤，压根就没有那些乱七八糟的念想。我只能安慰自己，别跟他一般见识。

小尹跟我一直联系着，时不时地互相问候，却看不出有多亲近。几年后，忽有一日，我的微信上收到一个转账信息，还有几条语音信息。小尹先是表示感谢，然后说了不少心里话。大概意思是，当初没及时还钱，是因为母亲已经卧病在床，以至于发展到需要花钱雇街坊邻居来照顾。看来，他的确对我有意见，而且意见很大。我盯着手机，一时竟不知该如何回复。

我想起一个小典故：一个盲人走夜路，总会挑着一盏灯笼，好奇者甚众。有人问他，你双目失明，干吗要点灯费蜡。盲人答，我打着灯笼，给人带来了光亮，既能让别人看到我，不至于撞上我，又能给别人提供帮助，何乐而不为呢？

这个故事被演绎成很多版本，用来教育人们“不以善小而不为”。譬如，胡同口卖馄饨的老人，每天都会亮着灯，待加班抑或上晚自习的人经过，才收摊，等等。唯有“盲人点灯”这个，多了另外的意味。

其实道理很简单，遇事要为别人着想。

小尹比平常人要敏感许多，他会用怀疑的目光审视周围的一切，这是情理之中的事情。如果触及了他的底线，他会产生敌视情绪，进而出现偏激行为。还好，小尹只是向我表达了愤怒。

是的，生活中势必会碰到这样或者那样的问题，假如我们只是从个人的情感出发，毫不顾及他人的感受，善行也会给对方造成伤害。倘若非要以自我为中心，那所谓的好心也会如同一把软刀子，杀人不见血。

并非危言耸听，类似的例子比比皆是。非常火爆的一档综艺栏目曾播出一个案例。一对胜似亲姐妹的闺蜜闹起了矛盾，起因是其中一位总是干涉好朋友的私事，她认为所有男人都配不上自己的闺蜜，无论条件好坏总能找到理由拆散。被友情“劫持”的另一方苦不堪言，只好求助栏目组。结果对方称，两人是好姐妹，交往男朋友必须对她负责。真是天下之大无奇不有，还真应景了栏目名字中的两个字——奇葩。

由此可见，不论出发点是什么，不考虑对方感受，想当然地出手援助，结果只能是适得其反。很多时候，金山银山比不上一个安慰肯定的眼神。这就是“千里送鹅毛”的意义所在。

人人都在社会上扮演着不同的角色，父子、夫妻之间也好，朋友、同事之间也罢，谁都不可能生活在真空当中。克服先入为主的种种偏见，凡事站在对方的角度，设身处地地为对方考虑，会把本不该有的烦恼变成快乐。因为，换位思考不但是一种胸怀、一种境界、一种美德，更是一种睿智的体现。

那么，让我们用心灌溉友情、亲情以及爱情吧，开出的花朵会明媚整个世界，带给你一个五彩缤纷的春天。

午夜的风雨

这是我亲身经历的一件糗事。

那年秋天，我在一个培训班里负责管理工作。培训班是临时组建的，有 200 多人，在管理方面相比一般单位难度要大很多。

那时候，我经验不足，生怕出差错，便时不时地召集他们开会，强调一些问题。有人反映，说我占用了大量宝贵的时间，让把开会的时间归还培训。我觉得这是在故意找碴儿，就没有理会。

不久之后，有人向上级报告了情况，领导打来电话，旁敲侧击、拐弯抹角地指出我的毛病。我自然无法接受，心里想，有意见可以摆到桌面上说，背地里搞小动作实在令人憎恨。有了先入为主的偏见，产生一些矛盾似乎也是情理之中。

观察了几天，我发现小张是最为活跃的。私底下，他没少说三道四，关键是他的话很有分量，算是民间的“精神领袖”。这是要“揭竿起义”吗？我当时的确是想到了这个词儿，心里也跟着别扭起来，敢情小胳膊还想拧过大腿？

管理者与被管理者永远是对立的，这是亘古不变的真理。我开始关注小张的一举一动，他确实在有意无意当中给我出过不少难题。我因此认定他是经过深思熟虑的，想挑战我的权威。几次交锋，我们难分伯仲，打了个平手。

终于，我抓住了他的把柄。

他很多次从食堂拿了鸡蛋、牛奶或者其他食品，揣进了自己兜里。管理规定上说得明明白白，严禁私自动用公物，集体的东西，小到一针一线，都是公物。我认为必须严肃处理。其实，这事可大可小，为此大动干戈，全是因为之前的“过结”。我显然是小肚鸡肠了。

也巧，那天我手头有个材料要写，便把小张交代给另一位同事。也不知他俩之间聊了些什么，过了一会儿，小张就来找我，说没偷东西。没偷就没偷吧，还趾高气扬，扯着嗓子嚷嚷。没错，小张的嗓门很高。

我说有理不在声高，更何况你不占理儿，别在这儿吵吵，回去写个事情经过。

不知别人如何理解，在我眼里，如果单是一份检讨，那顶多说明犯了错，需要反省；写事情经过则表明还未定性，似乎比单纯的检讨要严重许多。估计小张跟我的认知相同，说什么也不肯“接招”。没办法，我只能让那位同事先把他带走。

没曾想，他又接二连三地找了我几次，手里的材料写不下去了，刚想好的思路被他搞得一塌糊涂。我难以控制情绪，警告他，如果不写，就打背包回原单位。

说完，我就走到了窗边。我是在竭力保持镇定，但窗外的秋雨淅淅沥沥，让我越发烦躁。我隐约感觉，小张还想说些什么，终究还是沉默地离开了。

过了半个小时的光景，门卫告诉我小张的父母来了。得，居然搬来了救兵。我恨恨地想，天王老爷来了也没用。

雨水早已把老两口的衣服打湿了，某一瞬间，我的心倏地软了下来。冰冷的秋雨，即便年轻人淋上一会儿身体也吃不消。没等我多想，小张的母亲就求情，说孩子不懂事，都怪自己，总惯着他。小张的父亲直接掏出钱来，说部队有三大纪律八项注意，甭管拿了什么，俺赔，千万别处理孩子。

可怜天下父母心。事已至此，只能不了了之。

万万没想到，几天后，上级派人跟我谈话，说小张实名举报，说我工作方法简单，栽赃陷害部属。实际上，这不是普通意义上的谈话，因为来人还打算查一查当时的情况。我绝对不能输给对手，面子上过不去也就罢了，如果我的“罪过”坐实了，那等于释放了个信号，纵容其他人乱告状。

我这才意识到，或许小张是有难言的苦衷。私下里一问，原来小张是因为战友胃疼，才拿了那些食品。我赶忙采取“补救措施”，给小张周围的战友施加压力，让他们保持沉默。

小张真的打背包回原单位了。他走后，我还沾沾自喜，为自己的当机立断感到庆幸。

时过境迁，若干年后，我与小张偶遇。他向我道歉，说当年是因为母亲淋了雨住进医院，才不计后果地举报我，假若面对面把事情说开就好了。末了，他再三感慨，说那时候真年轻啊。

小张还拿我当朋友，这让我无比愧疚和自责。是的，部属胃疼我不知道，战友之间的互相关爱我不知情，所有的一切都让我的心情异常沉重——我的一次失误究竟伤了多少人的心？最关键的是，当问题来临时，我不但选择了逃避，还费尽心思规避责任。

为曾经的无知和幼稚，我不得不反思自己的行为。

显然，逃避不仅不能排除困难，还会影响事态发展，甚至导致次生问题和次生困难，让结局更加棘手。事实证明，人生之旅并非艳阳高照、一马平川，还有乌云密布、坎坷泥泞，这都是客观存在的现实。既然人的意志无法改变，那就必须勇于迎战，敢于担当。

“古之立大事者，不惟有超世之才，亦必有坚忍不拔之志。”一切心智成熟的人，都是敢于直面问题的，刻意回避自身的缺点，只能为人生留下缺憾。泰然坦荡的人生态度，可以让人在面对困难时一无所惧，甚至更加从容不迫地迎难而上。因为，在荆棘丛生的成长道路上，逃避问题往往会作茧自缚，推卸责任会让生活积重难返。

那就做一个自尊自爱的人吧。在生活和事业中遭遇问题，先不去想责任归属，抱着乐观向上的心态，怀着平和沉稳的心思，积极努力地去寻求对策，便可以做到游刃有余、问心无愧了。

新兵小薛

岁月如永不疲倦的行者，悄无声息地又完成了一次年与年的交接。作为一名消防老兵，我想在新的一年里连续写点什么，正思索着，电话来了，是我认识多年的一位老大哥。他开口就向我抱怨，说自己的儿子不争气，先是“英雄联盟”，紧接着是“王者荣耀”，学习却一塌糊涂，都说部队是锻炼人的好地方，是不是应该把他送进去？我沉默了好一会儿，才决定给他讲这个故事。

那年春天的脚步有些迟，部队旁边的小河还未解冻，新兵就已经结束了集训。那时候跟现在不一样，新兵都是在每年的年底入伍。小薛就是在这个季节分到了基层中队。按照往年惯例，中队通常会在这一时期对新兵进行强化训练，为的是让他们有良好的体能应对未来无法预知的战斗。好像是积蓄了一个冬天的力量，那批新兵个个像小老虎一样，中队长打心底高兴。

唯独小薛是个例外。

单纯是训练工作消极应付也就罢了，他还时不时地跟战友说风凉话，比如，组织学习执勤规定，他会用自己的一套理论来证明学的东西没用；就连整理内务，他也说是在做无用功。只要是队上布置的任务，他都能找出一堆的歪理儿，叫人有苦难言。干部、班长轮番找他谈心，他说你们讲的这些道理我都懂，别跟我唱高调，有本事让我卷铺盖走人。中队长听说这事以后气得牙根直痒痒，恨不得踹他两脚。瞧吧，这就是小薛，大错不犯，小错不断。

中队长忍无可忍，给小薛的父母打了电话。小薛父母说，他呀，巴不得离开部队回家玩电脑游戏，除非你在游戏上赢了他，否则这小子绝对不会低头认输，还会变本加厉地跟你对着干。

中队长觉得这事好办，想办法在游戏里打败小薛，让他服气，变成一个好兵。中队长恶补小薛最迷恋的"暗黑破坏神"，什么巫师、野蛮人啊，挨个儿研究了一遍，向小薛发出了"战书"，约定输者无条件满足赢家一个愿望。结果毫无悬念，中队长输了。小薛说愿赌服输，你让我离开这地方。中队长自然明白他的心思，可又不能让他真的离开部队，于是耍了个心眼儿，向上级汇报，把小薛送到了另一个中队。

事情至此也就罢了，过了没几天，中队长偷偷问起小薛的情况，新的中队干部抱怨说，这个新兵臭毛病真多，一会儿这不行，一会儿那不行。中队长不好意思再问。可终究还是放不下，过了一段时间侧面了解到，他在新的中队里带搜救犬，人已经老实许多。再后来，小薛成了中队的训练尖子，再后来，成了中队的先进……

讲完这些，我挂断朋友的电话，给小薛发了一条微信。小薛回复：老队长，你告诉这小子，游戏失败了可以换个角色再来，可人这一辈子永远无法重新启动。

得，小薛也把朋友的儿子喊成了"这小子"，你猜得没错，他现在已经是中尉了，也跟我当年一样，成了一名中队长。世上的事儿啊就是这么巧。

其实，我还想告诉那位朋友的是，我和小薛之间还有一段小插曲，那是在他变成先进之后。有一次，他请假到队上看我，我故意激他，说你小子别不服气，有本事你就考军校，将来当个能文能武的中尉。习惯了叛逆的小薛受到刺激，为了让我收回“成见”，他连续考了两年，终于金榜题名。

当然啦，这期间小薛并不那么顺利，女朋友听说他是搜救犬驯导员，跟他吹了，说不屑跟养狗的在一块儿。小薛为此郁闷了很久。后来，新兵小薛在部队的大树下不断成长，并学会了化解烦恼。

若干年前的小薛和我都还年轻，无论他的行为还是我的判断，难免有些幼稚，可是我们却都在这一过程中慢慢长大。

回头来看，我非常欣赏小薛的那句话——游戏失败了可以换个角色再来，可人这一辈子永远无法重新启动。因为，人的一生只能向前，它无法假设甚至重置。这个道理浅显朴素而又富有哲理。

我曾经做过反思，在某些特定的年龄段，人们身上或多或少都会存在一些缺点，如果一味地批评指责，只能适得其反。还有，我必须承认，当时我的做法也过于武断，万一小薛破罐子破摔，那极有可能毁掉他的前途，而我也必然会追悔莫及。

有一点必须强调，这件事就发生在我的身上，虽然难登大雅之堂，但我还是饶有兴致地把它记录了下来。我是想用最直白的文字跟大家分享一个轻松的故事，也算是新年送出的一个礼物。我想，有时间的时候，我们都可以回头审视自己的成长之路，不论你此时年龄多大，应该都会有很多类似值得回忆和深思的经历。

正门哨

经过营区大门时，小郑给我打了个标准的军礼。听说，他当天就会脱下军装。

这里是山东济宁曲阜市消防中队，小郑在这里当了五年兵，下士期满，退伍返乡。我显然已经远离了基层，头脑里始终是年底老兵退伍。事实上，早在2013年兵役制度改革之后，士兵应征入伍便从冬季改为夏秋季，小郑正好是那一批。

印象中，退伍老兵对部队都是恋恋不舍的，在很多个事迹材料或者文学作品中，都会看到一些描述，说某某要求出最后一次火警，结果在战斗中负伤甚至牺牲。这种刻画的确会鼓舞人心，可我总是偏执地认为，如此选择少了些人性。当然，我并不质疑其真实性。

源于此，我改变了行程，回到队上，在不远处等待小郑下哨。虽然曲阜被誉为孔孟之乡，但圣人的智慧只能给人们的思想注入生机，却无法给九月初的天气催生出些凉意。顶多两三分钟的工夫，我的身上便有了汗。我愈加留意起小郑。我看到汗珠从小郑的额前滑下，经过他微翘的嘴角时，已然被热浪蒸干了。他一动不动地站在那里，像一尊雕像。

终于等到小郑完成了最后一次勤务，在畅谈中，他告诉我，在清晨的一次出警，他主动提出不再参加，理由是少一次进火场就多一分安全，他想平平安安地回家见父母。我相信他说的是实话。当然，他非常珍惜在部队的最后时光，便以标准的军姿站在了正门哨。

事后，与小郑的几位领导谈及此事，他们说，原则上不允许即将退伍的老兵进火场，包括每次执行任务，他们都强调官兵自身的安全。我为此感到欣慰，也由衷地支持小郑的选择。

并非每个人都能站好“正门哨”。

一位在外企工作的朋友在微信朋友圈连续发了几条信息，把公司员工的工资、奖金、社保等数据全部公开，并因此惹上了官司。原因是，之前他率队精心开发的项目被公司叫停，他认为自己的才华不被赏识，递交了离职申请，还未等办完手续，就迫不及待地发泄心中的不满。

在这家企业里，一旦有人离职，便会撤销这个人出入公司的指纹识别信息。这位朋友索性撬开了公司的门，窃取了一部分资料后，又顺便破解了人力资源部门的电脑密码，把员工收入数据带走。且不说那部分资料是否属于机密，但就个人收入状况来说，公司向来严格保密。公司高层了解情况后大为恼火，既然他用这种方式断了最后的情义，那就只能诉诸法庭，依靠法律手段维护公司利益。

这位朋友有些后悔，但他依然痛骂公司，进而在公众场合败坏公司声誉。事情的结果无关紧要，关键的是他的行为已经触犯了法律，而且得不到任何人的同情。

心态决定了一个人的行为，行为映射了这个人的品质。诸如此类的事例在生活中并不鲜见。

年初，一位战友接到转业命令，据我所知，他并不情愿离开部队。但从他得到消息的那一刻起，就开始着手两项工作：一是写了几封信，分别发给了有恩于他的领导和战友；二是整理了很多资料，还写了篇幅很长的工作体会，想把经验介绍给接班的战友。他的行为让很多人感动，支队领导也打算对他进行嘉奖。谁知他居然提出了反对意见，说这些都是分内的事，谁都会这么做。其实，我还听到一些传言，说他被安排转业并不公正，好像是因为什么事情得罪了领导。对此，他矢口否认，说领导不会那么小家子气，即便真如坊间所传，那也只能说明是自己在工作上出了问题。

我无意夸大这位战友的做法，但他的精神确实值得我们尊重和学习。跟以往的职位告别，恰恰能暴露当事人的本性和人品，也能体现其处事的态度和为人的胸怀。品德好的人往往会出于道德感和责任心，认真处理好每一次交接，不会因为一己之利去做出格的事。世俗地讲，在离开原有岗位时，如果能顾忌上级领导和身边同事的感受，只能为自己赢得更多的赞誉和人脉，这样才能让人生之路走得更长远。

岗位调整是工作中司空见惯的小事，人们很容易在这个节骨眼上松懈下来。在其位谋其政，在位时拿着工资就该干好本职工作；离职时仍然有职业操守，进而为之做出细致的交接工作，自然会体面而优雅地离开，为自己的过往画个圆满的句号。

真正的成功者，不仅会让自己在每个阶段的工作中有精彩的开始，还能在结束时有个完美的谢幕。我想，就像文章开头所提到的小郑，虽然他主动“拒绝”了最后一次火警，但他在正门哨上留下了最后一次身影。很显然，人生永远没有“最后一次”，堂而皇之地劝勉也只是为那些心存杂念的人所悲，相信读者们都会有大格局，站好属于自己的“正门哨”。

耕耘自己的果园

最近，我时常与一位外卖小哥联系，他是我的朋友，确切地说，是我的老战友。能在茫茫人海中碰见他纯属偶然，我更无法想象，他会只身一人到北京打工。

我有个习惯，没事总喜欢观察与自己毫不相干的人，这个习惯不知道是好是坏。有时，在时间允许的情况下，我会专门买上绿皮火车的硬座票去外地，因为那样我可以看到形形色色的陌生人。我为自己找了个借口，说是在为写作积累素材。不管这种说法是否经得起推敲，日常生活中我一直是这么做的。

或许是经常看到外卖小哥谋生不易的新闻报道吧，去年下半年，每次应酬，我都会事先在酒店门口，一边等朋友，一边数接单送外卖的外卖小哥。年底，也就是北京最冷的那几天，在"京味斋"门口，我数到第七个人时，忽然发现头盔下熟悉的面孔。某一刹那，我怀疑自己认错了人，还是他主动跟我打招呼，我才确信不是在做梦。

他的家境非常好，父亲在家乡党政机关任职，母亲经营着一家效益不错的公司，即便不靠父母，单凭他个人的能力，在老家干出一番事业也是轻而易举的。可他为什么做了“北漂”？很惭愧，我心里当时冒出个很不吉利的念头，该不会是家庭遭遇了变故吧。

这纯粹是杞人忧天。他以及他的家人一切安好，他到北京只是为了证实自己，用他的话说，过于安逸等于慢性自杀，趁着年轻还有资本闯一闯。

我由衷地敬佩他的胆识，这让我想起另外一位朋友。

那是我在济南工作时认识的朋友，他姓丁，比我年长一岁，只有初中文化，干的是办公耗材方面的营生。

老丁在招投标中胜出，负责给我所在的单位送办公用品。有几次，我发现个别用品比市场价高出了几毛钱，我便让人捎话给他提醒。这是个不好的苗头，我担心放任自流会让他私自抬高价格。

为了这事，老丁专门跑到单位找我解释，给我算了笔账，说现在时兴网上购物，所有定价都是明朗的，做不得手脚，只不过来回送货得计算成本。我觉得这有点强词夺理，签署的合同是不能有弹性的。实际上，我判断失误了。所有我们所需的物品都是随行就市的，最紧要的是，只要是急需的物件，他都会按时送货，不论白天黑夜，风雨无阻。

有一天深夜，因为次日要去外地出差，我急需一本地图册，电话打过去，他二话没说就开车送了过来。过后我才知道，他那天家里有急事，为此还跟妻子闹了别扭。我这个人很感性，一来二去就把老丁当成了兄长，也知道了他的成长经历。

初中刚毕业那年，老丁投奔亲戚去了西安，也是给业主送办公耗材。他是个有心人，深得亲戚的喜欢。几年后，他回老家结婚，婚后他觉得不能再安于现状，便揣着仅有的一点儿积蓄到了济南。在最困难的时候，他身无分文，但他靠诚信和勤奋在陌生的城市站住了脚，成了个不大不小的老板。我多次询问他的成功经验，他都笑而不语，直到最近的一次相见，我才找到了真正的原因。

老丁说，我在济南无依无靠，指望不上任何人，如果一天挣不来钱，生活都成问题，更别说照顾一家老小了。这句话让我茅塞顿开。令人庆幸的是，老丁是个善于思考的人，他已经成功转型，投身到另一个领域。

作为成功者，老丁始终低调，但从他身上，我看到一种现象：一些离开了故乡的人，在异乡反而创造了辉煌的业绩。显而易见，这没有丝毫秘密，因为，有梦想的漂泊者，都不会把希望寄托于等待和幻想，他们会扎扎实实地用双脚去踏平面前的荆棘，用汗水去精心灌溉面前的每一寸土地。

进而想，是什么力量支撑着他们一往无前的？我认为，是梦想和坚持。为自己定下一个合理的目标，然后再去奋斗，这样的人是值得敬佩的，而且可爱的灵魂必然是倔强的独语者。“独语”是个很有韵味的词语，丹麦哲学家克尔曾说：“我最喜欢自言自语，因为我发现，在我的相识者中间，最有意思的人就是我自己。”正如挪威剧作家易卜生在《当我们这些死者苏醒的时候》所言：“玛雅，你听见寂静了吗？”

我这两位朋友听到了某种寂静，他们在自己搭建的梦想世界里聆听着属于成功者的声音。这是世界上最神奇的天籁。当然，我的老战友，那位外卖小哥，他新一轮的奋斗才刚刚起步，但他的未来注定是精彩无比的。

令人遗憾的是，我时常会遇到一部分人，他们对未来非常迷茫。曾经有一位违反过纪律的战友，在面临退伍时几次三番地找我，想通过关系留在部队继续服役，一味地强调自己的理由，子虚乌有地去编排别人的毛病。多次沟通之后，他才勉强接受了现实，据说他最近也申请了个体工商户，准备大干一场。看到他走出自己的困境，我由衷地为他点赞，这也让我冒出了写这篇文章的想法。

试想，每个人都应该有自己的梦想，并为之坚守。具体到每一个个体，伟大复兴的“中国梦”也不外乎此。

是的，我想通过这些文字告诉朋友们一个朴素的道理，就像伏尔泰先生说的那句话——耕耘自己的果园吧！我相信，只要精心耕耘自己的果园，每一棵树都会硕果累累。

提高现代文阅读和写作成绩的金钥匙

初曰春作品
现代文阅读试题详解

母亲的泪

那年我还是新兵，在鲁西北大平原的一个小县城里当兵。当的是武警兵，每天的工作就是训练、上岗、看犯罪嫌疑人。

春天的一个午后，轮到我上岗，我背着枪站在哨位上，目光越过兵营的围墙，落在墙外那片柳树梢上，柳树透出一抹诱人的绿，轻风拂过，树梢随风拨起心中阵阵暖意。这是一个好天气，在这样的天气里上岗执勤，在我看来是一种享受，所有的劳累、困惑、苦恼都可以抛到脑后。

几声清脆的汽笛打断了我的思绪。车上走下一对中年夫妇，连比画带解释累出满头大汗才让我听明白，他们是湖北人，是战友小程的父母。战友的父母来队，我也跟着欢喜，一个电话打过去，小程飞一般闯到跟前。

“妈！”

小程的母亲一把搂过儿子，控制不住的泪水早已打湿了衣襟，她仰起头，轻轻抚摸着儿子的脸。隐约间听到她在喃喃自语：“瘦了，黑了，高了，也壮了！”

送走一家三口，我也很自然地想起家中的父母，想起在家的万般好处，在想家的泪水不争气地模糊了视线的时候，一个蹒跚的身影进入我的视野。

直到现在我也忘不了那一幕：花白头发的老太太，穿一身土布衣裳，挎着柳条编的篮子，上面蒙着包袱，矮矮的略显驼背的躯体在午后的阳光下几乎看不到影子。

“孩子，俺娃犯事进去了，俺想看看俺娃。”老人怯生生地问我，神情黯淡。迎着老人揪人心痛的眼神，我告诉她这里有纪律，不能随便探视犯罪嫌疑人。解释已是多余，老太太“扑通”跪在了地上，那“扑通”一声震耳欲聋。风吹散了老人花白的头发，透过丝丝白发，我看到一滴混浊的泪正顺着老人脸上的皱纹缓缓滑下。那一刻，我潸然泪下。

同样是母亲，同样是为了儿子，同样的泪水，却给人留下不同的感受。

如今，我已经由新兵成长为一名干部，在与战友们聊天的时候，我时常谈起这段经历，但每次讲到这段经历，我的心间都会多出一份无法言表的沉重。

1. 第二段的景物描写具有怎样的作用？联系全文内容回答。

2. “我”的两次眼泪，分别具有怎样的含义？

3．下面的外貌描写告诉我们老太太是怎样一个人？

花白头发的老太太，穿一身土布衣裳，挎着柳条编的篮子，上面蒙着包袱，矮矮的略显驼背的躯体在午后的阳光下几乎看不到影子。

4．作者说："每次讲到这段经历，我的心间都会多出一份无法言表的沉重。"作者为什么会感到"无法言表的沉重"？

5．联系本文及生活实际，谈谈你对"孝顺"的看法。

参考答案：

1．渲染了美好的氛围，烘托"我"站岗时的愉悦心情，为下文小程一家团聚做了铺垫，更与后文年迈的老太太看望犯事的儿子形成鲜明对比。

2．第一次眼泪：在看到小程一家幸福团聚时，想起自己的父母而流泪。第二次眼泪：看到花白头发老太太看望自己犯事的儿子，心情无比沉重和难过而流泪。

3．老太太是一个年迈、矮小、生活困苦、深爱儿子的人。

4．一位年迈的母亲看望不争气的儿子，"扑通跪在地上""滴下混浊的泪"，让"我"感到老人那份既深爱儿子又觉得儿子不争气的无比悲痛的心情，所以"我"感到无法言表的沉重。

5．联系本文：孝顺就是要做个正直、善良和对社会有用的人，让父母感到自豪和骄傲。再结合生活实际谈谈即可。

温暖的大手

从我记事起，对父亲只有一个印象：络腮胡子，铁青着脸。

小时候，我惧怕父亲。因为父亲一直信奉“棍棒底下出孝子”的古训，一旦不小心做错了事情，或是学习成绩退步，我就要挨打。我最后一次接受“教育”是在高一那年，父亲因为打我，自己受了伤，才不再用棍棒来说话。

可是父亲依然爱发脾气，但他火气再大我也不肯多听他半句，到高中毕业的时候，我已经学会了顶嘴。在这样的状况下，可以想象我的学习成绩。高考失利后，我待在家里无所事事，父亲心急，免不了天天吹胡子瞪眼。

有一天，他咆哮着问我：你这也不干，那也不干，成天赖在家里干什么？

我漫不经心地关掉电视，回敬他说，用不着你管，也用不着你看我的笑话，我今年当兵去。

其实，我小时候是有些反感当兵的，但在顶嘴的那一瞬间，我头脑发热，天知道中了什么邪。说出去的话等于泼出去的水，我显然已经没有半点退路。

应征入伍很顺利，离开家的时候我是哼着小曲儿走的。在军列开启的瞬间，看着父母的面孔变得渐渐模糊，我非但没伤心，反倒庆幸自己彻底“解放”了。

紧张的部队生活并没有让我有多大的进步，这是个不大不小的遗憾。当兵的第三个年头，父亲给我打来电话，像是在安慰我，说没事，在部队干不好，回家托人帮忙给你安排工作。听了这话，我异常气愤，狠狠地挂断电话。

凭什么要等着你给我安排工作？我抱起撂下多年的课本，疯了一般地复习，终于如愿考上军校。想想几年后就能成为一名军官，我变得有些自满，更加听不进父亲的话。

父亲又打电话批评我说，就你这样子，将来当了干部也干不好，你成天的这本事那本事，我能写东西，你能写吗？

我当然能写，藏着心里的一万个不服都冒出来，于是我拿起笔，开始写新闻。一年之后，我捧着发表的小稿子回家见父亲，终于看到他的脸上隐隐约约露出了一丝笑容。

如今，当兵已经十几个年头了，部队生活让我慢慢成熟起来。也不知从哪一天开始，我乐于听父亲发脾气，而且终于明白，他一直在利用我不服输的弱点催我进步。

是的，父亲从没表扬过我，但他的批评像一双温暖的大手，推着我不断前进。父亲虽然不会像母亲一样用亲情感化远在他乡的我，但他的严厉批评同样承载着无尽的爱。

1. 请用简洁的语言概括文章记叙了哪些事件。

2. 面对父亲的严厉，我是如何成长起来的？

3. 父亲是一个怎样的人？

4. 文章题目换成“别样的父爱”好不好？为什么？

参考答案：

1. 从小到高一那年，父亲打“我”；高考失利，父亲向“我”咆哮；当兵第三年，父亲打电话说不行回家；“我”考上军校，父亲打电话批评“我”。

2. 小时候，惧怕父亲；高中时，不肯听他话，还回敬他；高考失利，庆幸自己当兵；当兵后，异常气愤考上军校；后来，不服气，开始写新闻，有作品发表；现在，理解父亲，乐意听他发脾气。

3. 父亲是一个非常严厉，用激励方法教育儿子，爱儿子的人。

4. 不好。温暖的大手喻指父亲的批评，表明作者最终明白父亲的严厉是在利用自己不服输的特点催自己进步。或者好，因为文章从头至尾都在写父亲如何严厉，自己在这份严厉中逐渐成长起来，最终明白父亲的严厉也是一种爱。

爱慕虚荣的母亲

母亲是个地道的农民，在亲戚朋友眼里，她的口碑极好，可我却总嫌她爱慕虚荣。

记得刚当兵的那一年，每次与母亲通电话，她都念叨着让我多寄几张相片回家。后来我才知道，只要亲戚朋友、街坊邻居到家里做客，她就会不厌其烦地把那些相片拿出来，一张一张地指给人家看。次数多了，大家就劝她，说如果想孩子了，就去部队看看。在这种情况下，母亲通常会撇撇嘴，反问：有什么可想的？

第一次回家探亲，母亲异常兴奋，看着我一身戎装的样子，欢喜得半天合不拢嘴。她把电话拨个不停，翻来覆去跟别人念叨一句话：俺家孩子回来了。还没等屁股坐热，她就拽着我出门，让我陪她逛街买东西。家里会缺什么呢？需要什么东西，我一个人去买就行了。有了这样的想法，我便生出些抵触情绪。让人无奈的是，我总也拗不过母亲，因为她太想听到夸赞，太想听别人说自己的儿子长高了、壮实了。

有一年春天，母亲想念我，她跟父亲说，自己身体不舒服，想去大医院看看。父亲没有戳穿母亲的小把戏，给母亲买了车票，把她送到我所在的城市。到医院检查肯定是多余的，“治病”的最好办法是，多陪一陪母亲。我请假跟她一起转遍了驻地的名胜古迹。临行前，跟母亲一起逛商场，她在一款上衣前长久地驻足，手摸着衣服的料子，眼睛盯着标签上的价格，嘴里却嘀咕着：就这做工，还值这么多钱？我想让她试试，她反倒责怪我钱多了烧的。当天晚上，我买了衣服偷偷地塞进母亲的包里。后来父亲告诉我，回家的第二天，母亲就穿上衣服出门了，到处炫耀说，瞧这布料，瞧这款式，瞧这做工，多好。她跟之前自相矛盾，无非想告诉别人那是儿子买的。

在中学教书的小姨也数落母亲，说别看你妈没什么文化，每次只要知道你有文章在报纸上发表，肯定会让我们看报纸，还拉着我们开研讨会呢，那架势，不知道的人，还以为你妈是个文学评论家呢。

婶子也埋怨过母亲，她说母亲把我寄回去的部队胶鞋，全都分给了亲戚们，还让大家出门散步一律穿胶鞋，生怕别人不知道自己有个当兵的儿子。

真正算起来，母亲做过的这样爱虚荣的事情，全都是在我当兵离开家乡以后，这样的事，很随意地就可以搜罗出一大堆。不过，面对母亲的这份虚荣，我似乎有了无穷的动力。

1. 母亲的爱慕虚荣都表现在哪些地方?

2. 母亲先说:“就这做工,还值这么多钱?”然后又说:“瞧这布料,瞧这款式,瞧这做工,多好。”请分析母亲这前后矛盾的心理。

3. 文中写小姨对母亲的数落和婶子对母亲的埋怨有什么作用?

4. 你的母亲或父亲也做过这种爱慕虚荣的事情吗?请分享一件事情。

参考答案:

1. 拿“我”的照片给大家看,嘴上说不想“我”;“我”探亲回家,拉“我”逛街,想听别人夸赞“我”;谎称有病,到部队看“我”;“我”为她买衣服说不要,买了回家就炫耀;只要“我”有文章发表,就拉亲戚开研讨会;让亲戚们穿“我”捎回的胶鞋散步。

2. 先是不舍得儿子花那么多钱给自己买衣服,故意说做工不好,后面是夸赞衣服好是为了炫耀衣服是儿子买的,心里感到很自豪。

3. 运用侧面描写,烘托母亲的爱慕虚荣,其实是突出母亲因为儿子当兵有出息的自豪和骄傲心理。

4. 结合自身情况来写一写,只要是母亲或父亲因为自己有进步表现出的自豪和骄傲皆可。

爱的瞬间

当兵生涯中，最让我难忘的是第一次在深夜上岗执勤。那时候我刚当兵，部队在县城外的一个村子里，我们的任务就是看押人犯。

那天晚上，训练的劳累早已被神秘的心理冲淡，躺在床上，我恨不得能立即上岗执勤。刚刚入睡，我就被班长叫醒，轮到我上岗了。我打着哈欠，很麻利地穿上衣服，喜滋滋地背上枪去执勤。

但很快我就发现深夜上岗是件苦差事，那首歌唱得好："夜深人静的时候，是想家的时候。"此时独自一人站在哨位上，周围是一片庄稼，微风传来远处火车的汽笛声，还有那圆圆的月亮，都勾起我想家的思绪，让我想起父母，想起入伍前无忧无虑的校园生活。

记得在家上学的时候，一到冬天，父母就恨不得把我里三层外三层裹个严严实实，生怕把我给冻着了，每天上学他们都不厌其烦地念叨："出门之前搓搓脑门，别感冒了，路上小心点，要是觉得冷就打个电话，我们去接你……"每次听到这儿，我都反感他们的过度关心，可是现在，却让我真切地感受到"在家样样好，出门万事难"这句话的含义。

两个小时在不知不觉中过去了，我拖着站得已经发麻的腿回到宿舍。"阿嚏！"也许是因为太冷，也许是为了发泄思乡之愁，我打了个响亮的喷嚏，把熟睡中的班长也给吵醒了。"怎么了？感冒了？叫你多穿点儿衣服你偏不听。”几分埋怨，几分疼惜，班长披上衣服给我找出几片药，“来，来，来，快把药吃了，蒙上头睡一觉就好了。”班长的抱怨让我想起父母的唠叨，一股暖流顿时涌上心头，一时间，我那不争气的眼泪夺眶而出。

“傻小子，堂堂武警战士还兴掉眼泪？擦干净喽，睡觉去！”班长说完，我很听话地上了床。班长不放心地给我掖了掖被子，才回去睡觉。躺在床上，我失眠了。其实，爱在很多时候只是一句话，一个眼神，一个微笑，一件微不足道的小事，它虽然发生在一瞬间，但它却能让人回味终生，一辈子为之感动，这爱的瞬间也因此成为永恒。

1. 请用简洁的语言概括本文记叙的事件。

2. 文中画线句子运用了怎样的记叙顺序？有什么作用？

3. “我”那“夺眶而出”的“不争气的眼泪”，饱含了怎样的情感？

4. 请你分享一个让你感动的“爱的瞬间”。

参考答案：

1. 班长为“我”找感冒药，掖被角，开导“我”。

2. 插叙。补充交代了“我”在家上学时父母唠叨关爱“我”的情景，有力地烘托了下文班长也像父母一样关心照顾“我”，突出了班长对“我”的关爱。

3. 饱含了班长像父母一样的关爱，温暖了“我”，感动了“我”；也饱含了想起父母当初的关爱，而当时自己还反感的内疚之情。

4. 结合自身情况分享即可。

四瓶矿泉水

没有人能想象这是一次怎样的急行军。

左边是峭壁，右边是岷江。峭壁上的巨石摇摇欲坠，岷江水在脚下呜咽而过。地震使道路塌陷、裂缝，半座山滑坡阻断了通往映秀的路，年轻的消防战士艰难地在不是路的路上找到插脚的空隙，深一脚浅一脚地行进着。他们手挽着手小心翼翼地前行，橘红色的救援服在悬崖边连成了长长的曲线。

强烈的余震让战士们无法站立，滚落的山石从头上呼啸而过。班长指着面前的山鼓励新兵，瞧，石头在跳舞！新兵咬紧嘴唇，沉默不语，似乎在担心班长的说话声会引起泥石流。

为了能多带些救援器材，快一点儿挺进映秀，早一点儿去营救生命，所有的战士都扔掉了帐篷、被褥甚至食品。35 公斤的负重，让百余公里的急行军变得异常漫长，没有人叫苦，没有人喊累，更没有人掉队。21 个小时之后，他们终于抵达映秀。

美丽的映秀镇已经变得千疮百孔、满目疮痍，让年轻的心隐隐作痛。他们顾不上喘一口气，就开始了紧张的救援。

一天、两天，战士们一直没合眼。第三天清晨，雨后的映秀变得格外闷热，老天爷似乎也在仇视这场灾难，发泄着自己的愤怒。可它并不知道，正在这里拯救生命的战士们已经弹尽粮绝，它更不知道，300 名战士只剩下 4 瓶矿泉水。

“报告首长，又一个兄弟晕倒了！”班长带着哭腔向指挥员报告。

“抓紧给他喝水！”指挥员抹了把脸，可脸上满是细小的盐粒，汗早已经被蒸干了。

“我、我不喝，留给伤员……”刚刚苏醒过来的战士无力地推开嘴边的矿泉水瓶子，他要把这仅剩的饮用水留给废墟里的伤员。因为他知道，只是一口水，就能延长伤员的生命，为营救赢得宝贵的时间。

指挥员默默地抬起头，心里诅咒着这闷热的天气。他咒骂这不长眼的天，他心疼他手下的这群年轻战士。

“你给我放下！你要敢拿一点东西，我揍你！”争吵声让指挥员皱紧了眉头，寻着声音望去，只见班长正攥着拳头骂新兵。

“咱们已经没有喝的了，再说这只是两瓶……”新兵瓮声瓮气地回答，手里提着从倒塌的商店里找到的饮料。

“不行！首长说了，灾民的东西谁也不能动！”班长咬紧干裂的嘴唇，斩钉截铁。

“首长……”新兵求助的目光望着指挥员，四目对视，新兵默默地放下了手里的饮料。

“班长，快来呀！兄弟们，快来呀！”新兵声音沙哑地朝战友们喊。班长第一个跑了过去，他和新兵贪婪地舔着树叶上残留的雨水。

指挥员心头一颤，回过头去，狠狠地抹了一把泪。

1. 开头画线句子景物描写的作用是什么？

2. 请从人物描写的角度赏析下列句子。

“不行！首长说了，灾民的东西谁也不能动！”班长咬紧干裂的嘴唇，斩钉截铁。

3．结合文章内容分析指挥员是个怎样的人。

4．本文采用了以小见大的写作手法，通过小小的矿泉水要表现怎样的主题?

参考答案：

1．渲染了紧张可怕的气氛，烘托了年轻消防战士行路的艰难，为下文地震救灾现场遇到饮水严重不足的困难做铺垫。

2．运用语言、动作描写，生动形象地写出了班长的态度坚决，表现了班长原则性强、严格遵守铁的纪律的特点。

3．指挥员咒骂天气，抹泪，可看出他关爱下属；新兵求助指挥员，又放下瓶子，可看出他原则性强。

4．表现我们的消防官兵心系百姓，吃苦冲锋在前、不怕牺牲、严守纪律的品质。

生命的重量

这不是一个惊心动魄的故事。

担架在崎岖的山路上艰难行走，四身橙色的消防服在阳光下异常耀眼。刚下过雨的天气有些闷热，年轻的脸庞被树枝划得伤痕累累，汗水滑过的地方刀割一样疼痛。他们的双手紧紧握住担架的把手，没有人能替他们擦一把汗。

泥泞的山路旁是一条很深的山涧，隐隐约约能听到小溪的流水声，这样的声音似一滴甘泉滴落在他们的心间。十几个小时下来，他们已经记不清用担架转移了多少群众，那都是在大地震中受伤的父老乡亲。他们往冒了火的咽喉里吞下一口唾沫，用舌头舔了舔已经干得裂出了血口的嘴唇，脸上和嘴唇上的疼痛好似一剂兴奋剂，让他们迈开脚步，加快了速度。

“今天有余震，加把劲！”班长给新兵鼓劲。

“放心吧，班长，我能行！”新兵稚气的脸上露出坚毅的笑容。

“娃子，累了就歇歇，莫要太辛苦……”

“阿姨，我们能行，翻过这座山，我们很快就安全啦！”新兵打断受伤妇女的话。

他们加快了步子，想要跟时间赛跑，可在这海拔2700米的山上，这样的努力似乎只是徒劳。

担架依然艰难地行进着。

“小心了，前边路太陡。”每次走到这里，班长都小心翼翼地提醒战友，好像自己的声音稍微一大，就会引起余震，让山体滑坡。80度的山坡几近垂直，在班长的提醒下，新兵屏住呼吸憋红了脸，把担架举过头顶。他不敢有半点闪失，担心重心一偏，担架上的伤员就会滚落下来，坠进山涧。

奇异的巨响让战士们惊惶失措，眼前的山和树木左右剧烈晃动，脚下的大地像是软绵绵的棉花，让人站立不住。

“余震！”班长的吼声中带着恐惧。

“班长……”更加惊恐的呼喊在山间回荡，担架猛然一斜，偏向右后方。新兵滑倒了，他本能地用左手擎起担架，右手死死地撑在地上。

片刻的惊慌之后，战士们稳住了情绪，努力保持担架的平稳。豆大的汗珠从新兵的脸上滚下，一秒、两秒、三秒……新兵感觉全身撕裂般疼痛，身体似乎在慢慢僵硬，根本不听指挥。

“还行吧？让你在前边抬，你非得逞能在后边。”班长着急地斥责新兵。

“我、我能坚持！”新兵的声音从牙缝里挤出来，“班长，我现在后悔没听你的话，没好好练俯卧撑。”他那被痛苦扭曲了的脸上挤出一丝笑容。

时间一分一秒地度过，担架上的妇女开始焦躁不安，“娃子，把我放下，不能拖累你们……”

“阿姨，别动，你要配合，如果、如果你……你千万别动，你稍微一动就会增加我们的困难！”班长焦急地劝着担架上的妇女，冷不丁把自己变成了结巴。

“瓜娃子（四川方言，傻孩子的意思），家都没了，娃娃死了，讨口（四川方言，乞丐的意思）一个，啷个拖累你们么。”妇女也急了，她用四川话拒绝班长。

“阿姨，别动！家没了，有我们，娃娃死了，我们都是你的儿子……”新兵费尽力气朝妇女喊着。沉默之后，受伤的妇女终于平静下来。

班长腾出一只手，拿起哨子吹出了短促的哨音，向参加救援的其他战友求救。

等待的时间依旧漫长，漫长得像是一个世纪。

新兵终于感到一身轻松，他眼前一黑，顺势趴在了地上。得救了，终于得救了，担架被赶来增援的战友平稳地接到了手中。

新兵笑了，微微翘起的嘴角上有一滴泪珠滑过，他挣扎着爬起来告诉班长：“班长，我刚才在想一个问题，我都 18 岁了，但我从来不知道我的妈妈有多重。”

班长沉默了，他知道，18 岁的新兵此时已经体验到了生命的重量。

1. 文章开头两段的作用是什么？

2. 请赏析下列句中画横线的词运用的精妙之处。

（1）新兵滑倒了，他本能地用左手擎起担架，右手死死地撑在地上。

（2）新兵的声音从牙缝里挤出来。

3. 文中为什么要写妇女的表现？

4. 理解结尾画线句子的含义。

参考答案：

1. 主要通过对战士们的外貌、动作的细节描写，生动形象地刻画了战士们身体上所受的伤之严重，遇到的困难之大，表现了战士们坚定的意志，同时为下文写救助妇女遇到的险情做铺垫。

2. “擎”“撑”生动传神地写出了新兵滑倒之后迅速做出补救措施，“挤”生动传神地写出了新兵在努力坚持的状态，表现了新兵意志坚定、一心救援的品质。

3. 写妇女的表现更能突出救援工作遇到的困难和危险之大，更能突出战士们不顾个人安危救助百姓的品质，同时也能表现百姓也心系战士的情怀。

4. 这次救援经历，让新兵彻底体会到了生命的珍贵，新兵真正成长起来了，他定会更加珍惜所有人（包括他自己和亲人）的生命。

成功的距离

看过一篇文章，说人人都向往名山大川，但是对自己身边的美景却视而不见。我就是这样的人。

第一次爬泰山是哪年我已经忘记了，只记得几个朋友在山下聊天至深夜，买了手电、雨衣，兴致勃勃地从红门出发。那个年龄的我们体力是充沛的，爬到山顶只用了 3 个半小时。爬到山顶之后，我们没能看到日出和云海，失望之中下山，再加上一宿的劳累，对沿途的景色没了半点兴趣。之后，我经常陪别人爬泰山，最多的一回，一周就爬了 3 次，次数多了，也就厌恶起爬山。

即便如此，就在前几天，我还是碍于面子陪朋友爬了一次泰山。

我知道，朋友在山顶上曾经有一段难忘的军旅生涯，而且那里还有几位跟他很要好的战友。所以，当朋友提出诉求时，虽然我本能地抵触，但还是不忍搅了朋友的兴致，爽快地答应了他的要求。

傍晚时分，我们急匆匆地赶到中天门，索道已经在 10 分钟前停运。当时，我是真的有些后悔答应了朋友，因为常年的机关工作让我不得不怀疑自己的体力，心想干脆劝朋友在山下住一晚上吧，可是一瞅朋友那副不甘心的样子，我又打消了念头。

刚刚迈出第一步，我就有些气馁，没多远便气喘吁吁。心里有了压力，步子也慢了下来，朋友便很不屑地讽刺我：“养尊处优，忘记当年新兵时吃过的苦啦。”

我很无奈也很气恼地为自己找理由：“我多大，你多大，你的身体素质要比我好！”

其实我仅比这位朋友大个四五岁，而我也绝不是到了迈不动步子的年纪，况且这也是我给自己找的一个理由，为了自己那薄薄的面子，还是得坚持下来。有了这样的想法，我就咬紧牙关，跟朋友说着笑话，向山顶爬去。

不觉中，夕阳的最后一抹橙红被大山悄悄地拢进怀里，但因为有了欢笑，心情也在光线渐暗的山间变得明亮起来。我大声地招呼着朋友，“快点儿，我们赶在天色彻底黑下来之前到南天门。”

朋友自信地回答，“只要你能爬上去，我肯定没问题！”

我们聊着一些不着边际的话题，不紧不慢地向山顶爬着，朋友终于忍不住要求停下休息，我恶作剧一般拒绝了，嘴里数落着朋友没耐性，这么好的体力还要休息，其实心里是怕自己一旦停下就迈不动步子了。

慢慢地，朋友不再言语，聊什么样的话题都成了我的自言自语。受了朋友的冷落，我也在心里漫无边际地想着自己的心事。

终于到了十八盘，朋友一屁股坐在台阶上，再也不肯起来。我一手扶着栏杆，抹了把汗，跟朋友叫板，“快起来！就这几步了。”

朋友很无奈地摇头，“不行了，坚持不住了。”

“还要打电话让山顶的救助站来帮你啊？丢不丢人？救助站里可有你的战友啊。”朋友依然摇头苦笑，我拉他一把，让他跟我一起数着台阶上山，一步、两步、三步……

当我们相互搀扶着爬过十八盘，迈进南天门时，我感觉自己的腿已经发软迈不得半步。看看表，从中天门到南天门用了1小时18分钟。当我把这个时间告诉朋友时，他开心地惊呼："这是我爬得最快的一次。"而我又何尝不是呢？

次日清晨，我站在瞻鲁台，看着天边渐渐涌出的红晕，静静地回想这次爬山的经历。当时我能够用超乎寻常的速度到达目的地，全是因为抛却了杂念，忘记了行进过程中的痛苦和劳累，一步一步走过，离终点便越来越近，真正迈进南天门，就会发现终点离自己只有一步之遥。

其实，面对理想，我们就像是在爬山，把困难踩在脚下，一步一步走过，最后的一步会猛然发现，我们与成功原来只有一步之遥。

1. 为什么我和朋友这次爬山的速度是最快的一次？

2. 文中画线句子的作用是什么？

3. 结尾段落的作用是什么？

4. 除了爬山，你在现实生活中是否也有这样"坚持着，忽然发现成功就在眼前"的经历，请分享一下吧。

参考答案：

1. 因为当有一方想休息的时候，另一方能适时地予以激励，然后就是抛却杂念，坚持一步一步往上爬。

2. 语言生动，交代了天已经暗下来，但因为有和朋友的欢笑，此时心情由原来的气馁变得愉悦起来，也为后文"我"能激励朋友继续爬山做铺垫。

3. 总结全文，升华主旨，面对理想，也要像爬山一样，抛却杂念，一步一步克服困难，那么我们与成功就只有一步之遥。

4. 结合自己的生活实际，围绕主旨来谈即可。

孤寂的灯盏

一直到丛丛在视野里消失，杨茜还怔怔地站在那里，半天没回过神儿来。

丛丛是她和寇巍的儿子，长得虎头虎脑，很招人喜欢。算起来，孩子长这么大，她从没舍得动一指头，今天这是怎么了？居然打了他。小家伙也是，咬着牙，憋出一眼窝子泪水，愣是不吭声。哪怕讨个饶也好啊，真是有其父必有其子，跟他爸爸一个德行。

杨茜忽然意识到，自己下手有点狠了，多大点事儿啊，那么大的男孩就该调皮，喜欢舞枪弄棒是再正常不过了。嗐，不就是在小区花园里跟别的孩子玩枪战吗？干吗要跟一个四岁的孩子一般见识。她有些懊恼地上楼，开门，进房间，连拖鞋都没换，就把身子斜靠在沙发上，跟自己生闷气。

不知不觉天就黑了，杨茜慢腾腾地起身，先把客厅的灯打开，又到卧室、厨房、洗手间，把顶灯、壁灯、台灯都打开，连梳妆台上方的镜灯都亮了，她的心里才踏实起来。这是她的习惯，一个人在家的时候，屋里的光线会让自己变得有底气。虽说没做过什么亏心事，但屋里黑咕隆咚的，心里就是不熨帖。

同事们都羡慕她找了个警察当老公，说“警察”这两个字听起来都带劲，最起码家里人不会受欺负。刚结婚那会儿，杨茜把这话原原本本地学给寇巍听，那家伙眨巴眨巴眼，说公安局又不是给咱家开的，还指望这身警服给自家当保护伞啊。那时候，她觉得丈夫的眼神很迷人，说什么都是真理。

现在，再有同事说这话，杨茜只是笑而不语。家家有本难念的经，谁羡慕的话也找个警察嫁了吧，看能潇洒几天。别的不提，就拿儿子出生来说吧，寇巍在外地办案，见不到人影不说，还得为他牵肠挂肚。孩子出生这几年，也多亏有婆婆帮衬，否则真不知这日子怎么熬。

杨茜觉得特别愧对婆婆，自己是干教师的，挺体面的工作，忙起来却也是团团转，家里大大小小的事儿，包括照看儿子，全都是老人一手操持。好不容易赶上暑假，跟儿子在一起，又觉得婆婆的教育方式不对路，太宠溺孩子了，他想玩枪就玩枪，还说什么喜欢黑猫警长，长大也跟爸爸一样。那怎么能行？家里边有一个干警察的就够难受了，再来一个当警察的，还不得要了命。她从不认为自己不支持丈夫的工作，有些事情搁在谁身上都会不自在。

前几年，丈夫在治安大队，还时不时地被市公安局抽调到专案组，个把月不回家成了家常便饭。去年工作调整，到了禁毒大队，真把杨茜吓得够呛。现如今的影视剧拍得惊心动魄，毒贩子都是杀人不眨眼。她让丈夫找领导调换个工作岗位，他嘴上答应得爽快，实际上根本就没当回事儿，反过头来还劝她，说阆中这几年治安好，让她把心搁到肚子里。这倒真是句实话。

一想起这个，本已心平气和的杨茜又火了，她觉得满屋子的灯光特别扎眼，身上也跟着刺刺挠挠的。她索性站起来，又挨个儿房间把灯关上，面积不大的客厅倏地暗了下来，让她感觉更加压抑。局促的空间让黑暗变得稠密而生硬，也让空气变得异常闷热，隐约中似乎带着几丝怨尤的气息。

新岗位虽然没有先前想象的那么危险，却让杨茜更捏了把汗。吸毒人员一旦犯了毒瘾，根本不受思维控制，遇到警察的反应千奇百怪。有一次，吸毒人员先是冲着警察跳舞，又拿起刀往自己肚子上捅，要自杀，丈夫一步冲过去，用手挡住刀，又把刀夺了下来，差一点把手上的筋给割断。这事丈夫绝对不会说，是她听另一位警嫂讲的，她们同病相怜，经常凑到一块发牢骚。

杨茜最受不了的是，自从丈夫干了禁毒警察，亲戚朋友被得罪了个遍。阆中是县级市，统共就巴掌大的地方，大家扯来扯去沾亲带故，丈夫查一起案子，就会有人来说情。

就说今天吧，叔叔找到了家里，说是顶头上司的儿子被寇巍抓了，就那么一根独苗。他让侄女婿帮忙想想法子，杨茜知道自家男人的脾气，替丈夫说了一箩筐的好话，叔叔就是不听，末了撂下一句话，这事不办，往后就别认这门亲戚。

杨茜忽然找到了冲儿子发脾气的原因，叔叔发火让她情绪失控，她猛然发现身上已经被汗水湿透了。她摸黑去了洗手间，打开镜灯，用自来水洗了把脸，望着镜子里有些憔悴的面孔，心里一下子没着没落的。镜灯——警灯，她跟往常一样开始惦记还在加班的丈夫，他没出警吧？他吃饭了吗？

她跑回客厅，从茶几上拿起手机，刚输入那串熟悉的手机号码，又删除了，她怕打扰丈夫的工作。她觉得此时最该做的是烧两个菜，哪怕搁在那里，放凉了也好。还有，得把客厅的灯打开，给丈夫留着。杨茜意识到，要把所有灯打开的老习惯竟然改了，毫无征兆。

忙活完饭菜，杨茜又找来一张纸，在上面写了一行字："老公，叔叔来说情，被我劝回去了。"然后，心满意足地躺在了沙发上。

凌晨时分，杨茜醒了，她发现灯还亮着，饭菜未动，空调打开了，自己身上盖着一条毛巾被。她还看到字条上多了一行字："我回来拿了几件换洗衣服，要到外地办案，你照顾好自己，这么热的天连空调都不开！"硕大的"！"特别醒目，让她睡意全无。她从沙发上爬起来，走到窗前，窗外夜色正浓，只有自家的灯依然亮着，孤零零的，在寂寥的夜里显得特别寂寞。

杨茜心想，干脆让灯就这么亮着吧，她合计着，天一亮就去叔叔家。

1. 杨茜为什么"孩子长这么大，从没舍得动一指头，今天居然打了他"？

2. 从全文看，杨茜的情感都有哪些变化？

3. 从文中哪些句子能看出杨茜还是支持丈夫的工作的？

4. 本文以"孤寂的灯盏"为题的妙处是什么？

参考答案：

1. 因为儿子在小区和别的孩子玩枪战，说是要和爸爸一样当警察，这让她太提心吊胆了。

2. 懊恼打了儿子；愧对自己的婆婆；对丈夫的工作由自豪到生气

发火到牵挂到接受。

3. 镜灯——警灯，她跟往常一样开始惦记还在加班的丈夫，他没出警吧？他吃饭了吗？

她跑回客厅，从茶几上拿起手机，刚输入那串熟悉的手机号码，又删除了，她怕打扰丈夫的工作。她烧了两个菜，把客厅的灯打开，给丈夫留着。杨茜心想，干脆让灯就这么亮着吧。

4. 表层是写杨茜家的灯孤独地亮着，实际是指因为丈夫是警察，杨茜觉得自己孤独寂寞，但结尾让灯亮着，却表明杨茜是支持丈夫工作的。“孤寂的灯盏”作为线索贯穿了全文。

迷人的营盘

夏日午后，灼热的阳光让警铃声越发刺耳。

陈佳垚跑到车库，刚佩戴好救援装备，就被大老柳拦下了。大老柳说他“毛病”，让他“滚蛋”。他只能望着呼啸而去的消防车背影，在肚子里骂娘。

“滚蛋”和“毛病”是班长大老柳的口头禅，好像所有人身上都有问题。究竟是谁的毛病呢？这个问题跟一加一等于二一样，简单明了。

陈佳垚极不情愿地脱下战斗服，慢腾腾地走出车库。他把目光投向不远处的攀登楼，索性抹了一把滚烫的脸，以百米冲刺的速度跑了过去。

他扛起挂钩梯，起步、奔跑、悬挂、爬梯……干脆利落地完成着平日里的训练科目。他一口气儿上了楼顶，朝着面积不大的营区大吼几声，似乎只有这样才能发泄心中的怒气。

大老柳实在是不讲道理，仅为一个接警电话就急眼了。起因是陈佳垚接了个报警电话，对方是个放暑假在家的小学生，非要让他唱“小星星”。他当时就恼了，劈头盖脸把孩子训了一顿。这种叫人哭笑不得的电话多得很，有让充电话费的，有要求陪聊的，甚至有人让帮忙介绍对象。报假警是要追究法律责任的，这事可大可小，以往战友们通常都不会客气，可这次陈佳垚运气不好，孩子家长给上级打了举报电话，说你们部队管理不严，把孩子吓出了病，要求赔偿。这还到哪儿说理去啊？麻烦的是，大老柳得理不饶人，竟然命令他一个礼拜不许出警，让他深刻反省，好好找一找自己身上的毛病。这究竟是谁的毛病呢？匪夷所思。还好，一周的期限只剩下最后半天了，晚饭前就可以解禁，然后又能到火场上冲锋陷阵了。陈佳垚觉得，干消防的不能进火场，那等于武林高手被废掉功夫，难受得要命。

原本他对大老柳的印象不差，人家的训练成绩在全市部队都数一数二。可自从他捧着书本复习，说要考军校之后，大老柳就换了一副嘴脸。举个例子吧，明明是完成得很好的动作，大老柳非要让他重复做上几遍，号称要纠正孤僻动作。这不是鸡蛋里面挑骨头吗？训练又不是拿尺子比着画直线，跟人的临场状态有很大关系，没法儿给个确切的标准。大老柳肯定是小肚鸡肠，怕我将来当了干部回头管着他，这样的人怎么就能成为班长，而且还在部队干了这么多年呢。陈佳垚认为这事很滑稽。

算了，不跟他一般见识，晚上的军人大会就要宣布退伍命令了，听说今年竞争激烈，估计大老柳得打背包走人了。陈佳垚做了个鬼脸，他发现自己也学会了那句口头禅。真是近朱者赤，跟着大老柳就甭想学好。

晚饭之后，军人大会如期召开，让陈佳垚失望的是，大老柳继续留队服役。他内心是盼着大老柳走人的，说白了，这家伙如果还在，肯定还会出幺蛾子，给自己小鞋穿。得了，该来的谁也挡不住，惹不起终归还是能躲得起的。

就在他胡思乱想的当口，警铃又响了。

批发市场的一个仓库着火。这是一起很小的火灾，没用几分钟明火就被扑灭了，接下来的程序是进现场检查，看是否有暗火，以防复燃。在兵们准备进去的时候，带队的大老柳接到指令，让抓紧赶到附近的高速路上，对一起重大车辆事故实施救援。大老柳下令马上集合，陈佳垚说不行，还没打扫"战场"，我隐约听见里面有求救的声音。大老柳训斥了他，还朝他狠狠瞪了一眼，扭头跑到了车上。

某一瞬间，陈佳垚也怀疑是自己的耳朵出了毛病，但事实证明，他的听觉准确无误。在他们赶赴车祸现场的途中，仓库再次发生火灾，而且火烧连营。坦白地说，当时他心想，终于可以看大老柳的笑话了，但很快又沮丧起来，火灾事故无法预料，天知道复燃之后会不会有人命丧火海。

他们调转车头，再次回到批发市场。按平时训练的要求，陈佳垚跟大老柳是一个组，负责进入现场内攻。

现场浓烟滚滚，堆积的货物也为他们的深入制造了障碍。大老柳提醒兵们留神，陈佳垚在心里骂了句神经，谁还会傻乎乎地去送死啊。这个念头刚一闪，他就被扑倒了……陈佳垚真正回过神儿来的时候，大老柳已经被送到了医院。

一个月之后，大老柳一瘸一拐地回到了中队，他回队后的第一件事就是打了退伍报告。中队干部急了，说你这是干吗呀，这次你救了陈佳垚，正准备给你立功呢。大老柳说，铁打的营盘流水的兵，我该走了，还是把功让给他吧，那小子机灵，部队需要这样的人才，等过了年，让他考军校，否则平常训练我对他花的那些心思全都白瞎喽。这一次，大老柳说话像模像样，破天荒地没用口头禅。

大老柳就这么退伍了，等陈佳垚知道来龙去脉的时候，刚刚接到军校的录取通知书。

那天一大早，他疯了似的爬到攀登楼的楼顶，想哭却没有眼泪。他俯视整个营区，营房依旧错落有致，却如他的心一样空落落的。

他用手机拍下营区的全景，用微信发给大老柳，又附了条语音，说没有班长，整座营盘都空了。大老柳回复："滚蛋，毛病，又拽那些酸词儿，小子，记住喽，替我，还有好多的退伍兵，守好咱们的营盘！"

看着硕大的感叹号，陈佳垚不知道该如何回复，他长久地注视着营区。不知过了多久，他忽然发现，在朝阳的照射下，他们的营盘光彩夺目，闪耀着迷人的光芒。

1. 本文主要记叙了哪两件事？请用简洁的语言概括。

2. 文中画线段落表现了陈佳垚怎样的心情？

3. 文章最后一段画线句子的含义是什么？

4. 请结合文章内容分析本文运用的表现手法。

参考答案：

1．救火时，大老柳为了救陈佳垚自己受伤；听说“我”要考军校，大老柳有意更加严格训练“我”。

2．表现了陈佳垚得知真相时的自责、后悔、内疚的心情。

3．陈佳垚忽然明白，这营盘充满着班长对他的默默的关爱，也充满着退伍军人对营盘的爱、对祖国的爱，所以这营盘光彩夺目、闪耀着迷人的光芒。

4．本文运用了欲扬先抑的手法，开头写大老柳处处为难自己，自己很不喜欢他，后来大老柳救自己，又得知他的苦心，所以真正在赞美大老柳。

阳光的声音

我的故乡在胶东，村子前面有条河，叫鱼鸟河。

20 多年前，每天下午，乡亲们都会在河坝上看到一个小小的身影。细心的人发现，在河坝上行走的少年，喜欢踩着自己的影子，倾听阳光的声音。

刚开始，乡亲们对他孤独的身影充满好奇，他们用自己的思想琢磨这个沉默寡言的少年。那些个有关他的议论，总是最先在鱼鸟河的河水里荡漾开来。女人们喜欢到河边淘米、洗衣、择菜，聊聊村里所有跟她们有关或者无关的话题。她们说，这孩子有点儿邪乎，成天家闷着头不说话。她们哪里知道，孩子是受了课文的影响，正在做一个梦。

很多年后，那个少年接到鲁迅文学院的通知，他趁着周末开了5个多小时的车，匆匆忙忙赶回故乡，再次站到了鱼鸟河边。那个少年就是我，很小的时候就做起了作家梦。

梦就要圆了，可是，所有人都不会相信，来鲁迅文学院的那天早晨，我的心情糟糕无比。不是故弄玄虚。

因为工作上的原因，一直拖到报到的当天清晨，我才急匆匆地从网上订票。没想到的是，赶上中秋假日刚结束，直达北京的高铁票售罄。这未曾预料到的变故，让我束手无措。我只能坐在客厅的沙发上一个劲儿地抽烟，没多大工夫，嗓子竟有些哑了。这在我的职业生涯中，几乎不曾有过。将近20年的兵当下来，对一般的事总还是自信的。可那一会儿，我的心一下子就慌了，难不成打一开始就闹个迟到？车票的事情影响了我的情绪。还好，旁观者清。表弟慢悠悠地为我订了济南至天津、天津到北京的票。现在想起来，那小家伙当时面带着笑容，笑得有些暧昧。他哪里知道，我的心早已飞进了鲁迅文学院。

总算是按时赶到了鲁迅文学院。走进东门，一路上，目光所及之处，一切都是新鲜的。那面湖和湖里悠然自乐的鱼儿，还有那丛树和树荫下沉思的雕塑，都静默地等待着我，以不变的姿态，来审视一个形单影只的过客。很快我便发现，我不是过客，我是这里的主人。在属于我的那个房间里，我看到了一个笔记本，本上记录了往届学长的留言，从未谋面的他们，用饱含了深情的文字，迎接新的主人。手捧笔记本，那份无法诉说的神圣和庄严打心底油然而生。

开学典礼上，院领导说，一进鲁院门，终生鲁院人。坦白地讲，这句话像是口号，听上去有些苍白，让我有些懵懂，还有些诚惶诚恐。我便是在这样纠结的心理状态下，开始了在鲁院的学习。

鲁院的课程安排是高端的，每一位老师都是让人仰慕的大家，课堂上的每分每秒都变得弥足珍贵；鲁院的学习环境是宽松的，每一次课后，都有足够的时间来消化吸收；鲁院的学习氛围是浓厚的，每一次研讨，大家都会深入探讨个人的体会，有些时候，甚至会争个面红耳赤。短短两个月的时间，文学创作、电影、音乐、法律、心理学，等等，这些课程让我在鲁院的每一天都很充实，那些才华横溢、享誉海内外的专家学者，用他们独具魅力的讲授方式，开拓了我的视野，开阔了我的思路。这些精彩的课程让我逐渐明白自己过去创作中所存在的藩篱，也让我清醒地认识到，作为公安消防部队的一位写作者，我必须创作出更好的作品，回报社会。

鲁院生活也给我带来了苦恼，不知哪天，我猛然间发现，之前写的文字都像是垃圾，我甚至怀疑自己还有没有写下去的能力。这种焦虑在心底生根发芽，期期艾艾地长满了藤，钻进了我的骨髓，箍紧了我的心脏，让我难以呼吸。幸运的是，这里的师长为我点亮一盏明灯，他们告诉我，这是成长中必然的阵痛。

在鲁院，更多的是快乐。作为班里的文体委员，我和同学们一起分享了比赛、联欢会的快乐，诗歌朗诵会、文学沙龙、社会实践，在所有相聚的时光里，同学们用迥异的神态、不同的方言，让欢声笑语无处不在。这是一个温暖的大家庭，不管未来有多远，这个家里的所有人，都不可能忘记曾经在一起的幸福和欢乐。

是文学将我们连在了一起，因为这里是文学的殿堂。

不能荒废在鲁院的1600多个小时，我不能忘记自己是一个写作者。在属于我的房间里，电视机应该是有些意见的，它肯定在窥视我，用挑剔的眼神责怪我忽略了它的存在。感谢台灯陪伴我一起读书，在我睡意蒙眬时，它从未打过哈欠。更得感谢电脑，在它的注视下，我构思并写下若干个作品。它们一起见证了我的成长。

时间终是短暂的，班主任严迎春通知我们写总结时，我才发现，在鲁院的美好时光即将结束。带着几分不舍，我到楼前散步。踩着脚下的落叶，步子变得单调而枯燥，路灯下的身影忽长忽短，那份淡淡的惆怅也跟着愈来愈浓。就在我愣神儿发呆的那阵子，小湖里发出一阵异响，鱼儿欢快地蹦出了水面。还有，我影影绰绰地看到，眼前的雕塑冲我眨了眨眼，笑了。

过去的时光终将远去，留给我最多的，是时光中的记忆。我没法让时光倒流，我只能让这短暂的时光慢慢积淀。两个月的时光像儿时村前的鱼鸟河一样，悄无声息地流向远方。我不但看到了被阳光漂白的河床，还听到了阳光的声音，那是儿时梦圆的声音，它跟河床里的细沙一样闪亮着光泽。

1.“阳光的声音”题目的真正含义是什么？

2. 赏析下列句子。

这种焦虑在心底生根发芽，期期艾艾地长满了藤，钻进了我的骨髓，箍紧了我的心脏，让我难以呼吸。

3. 分析下列句子的作用。

踩着脚下的落叶，步子变得单调而枯燥，路灯下的身影忽长忽短，那份淡淡的惆怅也跟着愈来愈浓。

4. 请分析结尾段落的作用。

参考答案：

1．真正含义是指梦圆的声音，作者梦圆时，就像倾听阳光的声音，沐浴着阳光那般美好。

2．运用拟人的修辞，生动形象地写出了作者当时觉得自己写不下去文字的心情十分焦虑，更突出鲁院师长对自己的帮助之大，让自己日后能够圆梦。

3．表现作者对即将离开鲁院的惆怅和恋恋不舍的心情。

4．总结全文，首尾呼应，使结构严谨，点明文章的中心，梦圆的声音如同倾听阳光的声音那般美好。

纸飞机

我承认，下面要讲的故事纯属虚构。因为，我怕有人对号入座。您猜对了，涉及的人物在现实中是真实存在的，而且，他极有可能就在您的身边。

人如其名，笑笑特别爱笑。跟他聊天，首先映入眼帘的是洁白的牙齿，紧接着就会听到爽朗的笑声。他是个男孩，机灵古怪的那种，他的长相、身材，以及精气神儿和聪明劲儿，都让人怀疑上帝是他的直系亲属，对他过于偏爱。还有，关于他的奇闻趣事，十天半个月也讲不完。

这么优秀的孩子，春节后忽然变了。不但没了笑模样，身体上还出了问题。

课堂上，他先是莫名其妙地两手发抖，然后身子会冷不丁地打冷战。为了让自己保持镇定，他不断地叠纸飞机，到后来，索性把纸飞机叠好，再一点一点撕碎。他下意识地重复这件事情，每天都能积攒一大堆纸屑。

过了些日子，他晚上噩梦不断，睁开眼就觉得胸闷，喘不上气。这让他精疲力尽，上课也瞌睡连连，打不起精神。父母发现后，带他去了医院，医生说他内分泌失调，开了几副中药。

笑笑一直是父母的骄傲，学习成绩向来都是年级前三名，但那段时间，他的名次一落千丈。父母是很要强的人，怀疑他是谈了恋爱或者发生了其他什么问题。但他始终不肯跟父母交流，把所有心事都憋在了心里。

一天深夜，母亲看他房间里一直亮着灯，便在门外发牢骚：在学校不好好学习，回家装模作样糊弄谁啊？！

声音挺大，若在以往，笑笑会摔打书本，表示不满。可那天，没有丝毫声响。母亲忽然有种不祥的预感，慌忙开门，门已经被反锁。她喊醒丈夫，踹门，发现儿子半倚在床上，已经神志不清。

谢天谢地，笑笑总算是抢救过来了。

估计是走投无路了，爱面子的父母求助于我，让我跟笑笑聊一聊。可笑笑拒绝跟我有任何交流。我是无意中发现那个纸飞机的。纸飞机上写满了字，确切地说，是他的遗言。密密麻麻的小字，全是他的痛苦——每天面对难以下咽的苦药，感觉活着是如此痛苦；学习压力那么大，成绩不好就要挨骂，究竟意义何在；父母疑神疑鬼，要把自己逼疯了……终于找到了症结所在，他的压力只是因为走不出自己的桎梏，无法战胜自己。

我想帮笑笑打开心结。在为他疏导的过程中，我也开始重新思考很多问题。

很多人爬过泰山，上山途中，总会碰到商贩推销手中的护身符。一条窄窄的红布条，上面印着雷同的吉利话。我对此不屑一顾，总觉得这是自欺欺人的做法，但经不住别人的一番热情，就把这护身的布条系在自己的腕上。看看倒也漂亮，就接受了这个被我当作装饰物的东西。

记不清是哪次，傍晚时分，我在岱庙门前，看着远处的山峦和天边的夕阳，忽然对这红布条有了新的认识。多数人不相信它灵验到可以护身，但还是会让它跟随自己完成旅程。这是每一个游人的自我祈福，实则是对自己的心理暗示。

在生活中，每个人都会注目于一草一木、一事一物，不经意间就形成了心理暗示，直接干扰着人的行为，甚至会影响到人的心理和生理健康。笑笑就深受其害。自古以来，有无数史料可以佐证。我为笑笑讲了两个耳熟能详的成语：

三国时期，曹操率领部队讨伐张绣，行军途中，天气炎热，许多体弱的士兵晕倒在路边。行军速度越来越慢，曹操担心贻误战机，在明知周围找不到水源的情况下，策马赶到队伍前面，用马鞭指着前方，告诉士兵，前方有一大片梅林，只要振奋精神，抓紧赶路，就能吃到梅子。士兵们闻声口中生津，士气大振。出自《世说新语·假谲》的成语“望梅止渴”，正是用了这种假设的景象，形成了积极的心理暗示，鼓舞了士兵们的斗志。

另一个成语“杯弓蛇影”出自东汉应劭的《风俗通义》。说是晋朝人乐广请朋友到家里喝酒，朋友把杯子放在桌上，突然发现杯里漂着一条小蛇，虽然心里不安，碍于面子还是喝了那杯酒。回家后，朋友生病，乐广派人问候，得知生病的原因是朋友怀疑杯子里有小蛇。乐广感觉蹊跷，追究事情的缘由。后来，他发现北墙上挂了一把弓，弓的影子倒映在酒杯里看起来很像一条小蛇。朋友得知真相后，病立刻好了起来。这千古笑谈恰是负面的心理暗示的结果。

古人留下的故事值得我们深思。笑笑表示赞同。我松了口气，我知道自己的任务已经完成。

但我还是想告诉他，一个人能否成功，很多时候取决于个人的心理状态。人生在世，困难和挫折在所难免，如果潜意识里认为自己能够战胜它们，这种心理将潜移默化地暗示自己，形成振奋的精神，向上的状态，最终获得成功；一旦生成不良的心理暗示，就会使自己走入困境，不可自拔地形成恶性循环。每个人的成功都不会呼之即来，那是在拥有自信的前提下，经历了无数次的失败之后，保持积极的心态，战胜自我才得到的收获。悲观的人即使面对再多的机会，也会因为患得患失，无法克服那些不良的心理暗示，导致功败垂成。

我相信，在不久的将来，笑笑会明白这些道理。他安然无恙，是不幸中的万幸。不过，我听说，他在随后的中考中一举夺魁。看来，他已经彻底战胜和超越了自我。

对了，回头我得给他去个电话，让他把纸飞机留着，那毕竟是一段刻骨铭心的经历。

每个人都是奇迹

哪吒七岁见义勇为，用乾坤圈打死夜叉，又杀了前来增援的龙王之子敖丙。龙王去天宫告状，途中又被哪吒打得半死，这是奇迹。其实哪吒从一出生就是奇迹，他在母亲的胎里三年零六个月，从生下的一个肉球里跳出，这是奇迹。战神一样的小小少年固然是神话，但他的父亲在历史上却是有记载的，那就是唐初大将军李靖，所以我把哪吒当作一个奇迹来写。

四年前，去青海西宁，我专程赶到位于西宁东郊湟水之滨的塔尔寺，因为这塔尔寺是仅次于布达拉宫的藏传佛教名刹，是格鲁派始祖的诞生圣地，也是藏传佛教格鲁派的发祥地。传说那里是格鲁派始祖宗喀巴的诞生之地，剪断脐带时殷红的甘露滴入土中，长成一株菩提树，后人以菩提树作为中心修建宝塔，经历数百年的积累、沉淀，也就形成了今天的佛寺景观。用手触摸转动着的经筒，虔诚地瞻仰这片藏族佛教的圣土，我看不懂这里的风俗，听不懂僧侣们念的经文，但我分明感受到这里的宁静、这里的安详，那神秘的宗喀巴亦成为心中的奇迹。

这些毕竟都只是神话和佛教里的人物，大千世界里，每一个人都是奇迹。

《钢铁是怎样炼成的》的作者尼古拉·阿列克谢耶维奇·奥斯特洛夫斯基当过童工，饱尝屈辱。十月革命后，他投身于捍卫苏维埃政权的斗争。1920 年秋，他在战斗中身负重伤，转到劳动战线，跳进第聂伯河打捞木材，因而患上伤寒和风湿症，后来又因劳累过度，健康状况日益恶化，最后全身瘫痪，双目失明。他以惊人的毅力与病魔斗争，在病榻上创作了《钢铁是怎样炼成的》，他在致友人的信中写道："哪怕只有一点机会，就不能放弃生活！"

很小的时候，我就知道海迪姐姐，她虽然从小高位截瘫，但身残志坚，乐观地对待困难与人生，以顽强的毅力自学外语，著书立说，被誉为 80 年代中国的"保尔"。每每捧读她的《轮椅上的梦》《生命的追问》《绝顶》，心里的敬仰之情便油然而生。表演《千手观音》的残疾艺术家，把自己的生命献给慈善事业的丛飞，那飞天揽月的航天英雄，以身殉职的党员干部孔繁森、任长霞，有太多的人用生命创造着奇迹。

一位跟我同年同月同日出生的朋友，八岁那年就失去了母亲，这几年他的父亲又患了癌症，他却从容地面对这一切，工作也是异常出色；我的战友是被母亲送到部队的，他的哥哥在黄岛大火中失去生命，这位目不识丁的母亲又把另一个儿子送到了部队；文友小刘是重点大学的高才生，他放弃丰厚的待遇，只身去了西部，做了一名普普通通的农村教师。身边有这么多平凡的人们在克服常人难以想象的困难，创造着奇迹。

前两天，我的朋友打电话给我报喜，说妻子给他生了个可爱的女儿。从他自豪的语气里我听出了喜悦，也仿佛从这喜悦中看到了一个经历过生产的痛苦的母亲脸上幸福的笑容。初为人父的朋友啊，你可知道一个小小生命的诞生，这本身就是奇迹！

每个人从出生到成长，一直到衰老，会经历许许多多的痛苦甚至磨难，这一次次战胜痛苦的经历，这一个个历经磨难的脚印，就是一幅用生命创作的图画，这美丽多彩的图画，即使梵·高再世也无法用笔墨去描绘，这应该就是属于我们每个人的奇迹。

往伤口上撒点盐

往伤口上撒点盐，很不人道的一种做法，但却可能是对付伤痛最有效的方法。

我给您讲一个故事。

有一位从名校毕业的大学生应聘到一家公司，因为上学时所学的专业与自己的业务工作对口，所以他在自己的岗位上得心应手，十分出色。半年后，上级主管调他到另外一个部门工作，这位年轻的职员慌了手脚，面对新的工作环境无从下手。于是，他跑到我这里诉苦，抱怨公司上层不尊重人才，让他无法施展才华。我顺着他的意思也埋怨起公司，末了，我正话反说，既然公司这么不尊重你，干脆辞职得了。没想到，他真的离开了公司。

一个月后，年轻人又来找我。这次他的情绪更加糟糕，他气急败坏地告诉我，他无法忍受新岗位的工作节奏，无法忍受新岗位的人际关系，甚至于无法忍受周围的一切。他满怀期待地等待我的安慰。而我却因有了之前的事情，脱口就让他炒公司的鱿鱼。我的话刚讲完，他就气呼呼地扭身走了。

此后一年多，我再也没有见到这位年轻人，但我猜测他应该还会来找我。

年轻人再来找我的时候笑得很灿烂，他邀请我去为他的员工作讲座。我问他不再生我的气了？他有些腼腆地笑了，他说当时还真不理解我，怎么尽往别人的伤口上撒盐呢，可是回头仔细想想，不是公司不尊重我，是我无法适应公司，作为个体，我不能强求我的团队来适应我，所以我只能改变自己，所以我得感谢你往我的伤口上撒盐。

年轻人终于明白了我的心思，他不再抱怨别人，而是向自己发起挑战，让自己又成为优秀员工，进而成长为公司里最年轻的部门主管。

这个故事情节没有半点曲折，直白的表述可能让您勉强读到这里。的确，原本生活当中就是这些平常的小事，不会有什么大的风浪、大的起伏，可就是这样的小事却足以让我们深思。

您可以这样跟我一起假设，如果年轻人来找我的时候，我跟他谈如何面对困难、面对挫折，那年轻人不但听不进我的意见，反倒可能腻烦我的说教。因为，几乎每个人都会讲出一大堆失败是成功之母的道理来，更何况年轻人原本就很有能力，有这样或者那样的想法只是年龄和阅历的问题。那干脆就哪壶不开提哪壶，专挑他的伤疤揭，因为我相信他虽然渴望听到我的安慰和疏导，但他并不需要我帮他疗伤。事实证明，我的判断是正确的，我的方法也是正确的。

这让我想起“蚌病成珠”这个成语，它出自《淮南子·说林训》：“明月之珠，蚌之病而我之利。”意思是蚌因身体陷入细沙，就分泌出一种物质来把沙子一圈一圈地包起来。病好了之后，旧伤处就出现了一颗晶莹的珍珠。哪粒珍珠不是由痛苦孕育而成的呢？

所以我说，既然无法逃避困难，无法逃避失败，那就再往伤口上撒点盐吧，更强的阵痛过后，看看会有什么收获。

刀

一

寒冬的深夜，我醒了，因为自己的一个梦。我抹了一把额头上的汗，下意识地裹紧被子，在黑夜里努力瞪大眼睛，回想梦中的情景。

在梦中，我成了一块钢，其实我并不知道，变成钢之后的我是什么模样，只是知道，那个时候我的思维是活跃的，我在炽热的火炉里灼烧，在热浪中我的躯体在膨胀，想要呐喊却因为口干舌燥出不得半点声响。时间一分一秒地过去，重锤敲击，每一根筋骨都被一点点折断，每一寸肌肤都被一点点撕裂，剧烈的疼痛逼迫我发出恐惧的惨叫。冷水浸过，我只能发出沉闷的呻吟。

迷茫中，我听到一个声音：又是一把好刀！哦，我成了一把刀，我在痛苦中挣扎，想要看一眼自己的模样，梦却醒了。

这奇异的梦让我在寒夜里惊出一身冷汗。梦醒之后，我想，生活中的每一个人都应该是块钢，这块钢只有经过历练和磨难，才会成为一把刀，倘若想成为一把好刀，则需要经历更多的痛苦，甚至脱胎换骨。做人亦如此。

二

“磨刀霍霍向猪羊”，这是《木兰辞》中的一句话。因了这句话，我在想，不管是古时的刀，还是现代的刀，要用就得有磨刀石。

磨刀石是什么样子，不需要过多地去描述。试着想一下，如果把刀放在棉花、豆腐一类的物什上蹭，纵有天大的本事，也永远磨不出一把锋利的刀，所以锋利的刀还需要好的磨刀石和好的磨刀人。于是，我穿越了半座城，终于在一个不知名的巷口找到了正在磨刀的老人。

老人挽着袖口，半弓着身子，双手拿刀，嘴里含糊地哼着号子，那刀就在磨刀石上蹭出了“铮铮”的响声。在悦耳的声音中，老人撸了一把袖子，左手伸到身旁的水盆里，蘸几滴水甩在刀上。再磨，刀刃就变得乌亮而有光泽。拇指在刀刃上轻轻拨弄，磨刀的老人绽开了满脸的皱纹，来一声浑厚的吆喝：“磨好喽！”

看老人磨刀，我像是在欣赏一幅美图。陶醉之后，我在心中喃喃：如果这刀也有生命，在它蹭过磨刀石的瞬间一定是痛苦的，但它却发出了悦耳的欢呼，因为这短暂的痛苦让这把刀成就了自己的梦想。这把刀因为好的磨刀石、好的磨刀人，还有几滴水的滋润，变得锋利起来。人要取得成功，也要像这把刀一样，不但需要磨难，外界的诸多条件更是不可或缺，真正成功以后，回想那磨难，也只是短暂的一瞬。

三

“我们每个人都是一把刀，或是大名鼎鼎的屠龙刀，或是不知名的一把小刀”，这是朋友闲聊时的一句话，听过以后，没什么很深的印象。在我写这篇文章时，这句话忽然又在耳边响起，细细琢磨，这话说得在理。

每个人都是一把刀，或锋芒毕露，或愚钝不开。生活中的每个人都在行走，甚至是奔跑，于是锋利的刀便有了生命，有了知觉，会在不经意间划伤周围的人，甚至殃及自己，即使让刀入鞘，也无法避免对外界造成伤害，虽然这一切可能都只是无意识的。

那就善待自己，让属于自己的这把刀更加有灵性。为人处事，工作生活，“该出手时就出手”，要让这刀一出鞘就威风八面。当然，更要时刻提醒自己，看好属于自己的这把刀，免得这刀还未出鞘，就已经见了血色，伤了别人，留下一堆说不出的痛。

因此我想，朋友的话还是很有哲理的：每个人都是一把刀，关键看能不能用好它。

无法计算的回报

“吉祥物”车旭是队上最年轻的消防员，年轻到日子过得懵懵懂懂。班长说他少年不识愁滋味，指导员说他还未建立起个人的世界观和价值观。车旭不计较别人怎么说，只要自己开心就好。

3月初，队上组织人员外出开展“学雷锋”活动，车旭第一个报名。他的想法很简单，最不济能到市中心广场看看美女。班长听说后埋怨他，说你小子态度不端正，取消你的资格。

车旭死乞白赖地找指导员，说“吉祥物”是你封给我的，搞活动得带上我，否则我的粉丝不乐意。

他倒也不是吹牛。

除夕夜，他穿着新配发的“火焰蓝”制服拍视频，平平常常的年夜饭被出警搅和得一塌糊涂，再加上车旭的娃娃脸，每次听到警铃都会配上各种搞怪卖萌的表情，以至于视频传到网上才三两个小时，就有近万人转载。

人们感慨消防不容易，评论说以后得注意防火，让这小萌娃能吃好睡安稳。车旭噘着嘴对着手机屏幕说：你才是萌娃，你们全家都是萌娃。

他的反应当场就把大伙儿逗乐了。指导员闻声而来，知道了事情原委，说你急什么眼啊，萌娃就萌娃吧，只要他们都有了消防安全意识，你就是咱消防的“吉祥物”。车旭咧嘴就笑了，他很容易满足。

回头再说学雷锋。

指导员有意为难车旭，说想去参加活动可以，你班长会剃头，你班副会修自行车，你总得有点真本事吧。

车旭不知道中了计，回到班里苦思冥想。夜半时分，他一个人跑到体能训练室，鬼哭狼嚎地把指导员和班长全招来了。好家伙，他还真是用心，把消防常识自编了一段 rap，还配上了很不专业的街舞。

指导员有些感动，说我得为“吉祥物”点赞，这次肯定能收获大把的女粉丝。

也许有人会说，这指导员也太不正经了吧。这我还真得解释一下：消防基层单位并不像人们想象的那么枯燥，除了训练教育就是执勤出警，他们会在平淡无奇的生活中找到很多乐子。

车旭如愿站在了广场上，他看到四周人山人海，各行各业都在学雷锋，有义务巡诊的，有发传单顺带着赠送小礼物的，还有像班长一样支起了剃头摊儿的。他心里想，你们这些都太 low了，等“吉祥物”出大招，让你们知道消防队才最牛掰。

他把中队专门配备的大音响打开，跟着节奏晃脑袋、扭屁股。还没等他唱 rap，人们就围了过来，有人边拍视频边嚷嚷，这不是网红消防小萌娃吗?

车旭正高兴着，旁边摊位的一个男生凑上来，说兄弟，有点公德好不好，你这咋咋呼呼扰民了。

他把头一歪，说咱都是学雷锋，大路朝天，各管一边。

男生“啧啧”两声，说这小嘴还叭叭的，少扯学雷锋，净搞形式主义。这话把车旭说蒙了，他正寻思着该如何反驳，男生又问：我们来参加活动是修学分的，你这么卖力，有多少奖金啊？

车旭彻底无语了，他扭头看了看男生的摊位，是某大学的学生会。虽然被败坏了兴致，但他还是坚持把节目表演完了。

回到队上，他录了段视频，一本正经地问：学雷锋需要回报吗？这次是什么样的回答都有，但多数是难听的话。更可恨的是，那个男生也出现了，自报家门，公开叫板，指责他玩秀。车旭百口难辩，气呼呼地回复：等哪天火灾到了你门口，我跟你谈谈回报再灭火。

指导员说，删了吧，免得被人炒作，影响消防形象。

车旭很固执，说不行，我咽不下这口气，立字为证，我就不信他这辈子碰不上点儿倒霉事。

指导员说，乌鸦嘴，咱干消防的可不能惦记着发生火灾，更何况你还是“吉祥物”。

谁承想，男生还真遭遇了火灾。他和舍友在宿舍喝二锅头，迷迷糊糊地躺在床上，烟头的明火把被子点着了，情急之下，有人把喝剩下的酒泼了上去。醉酒之人行动缓慢，等他们意识到大事不妙时，火已经堵在宿舍门口，根本无法控制。男生招呼大家凑到了窗户前，想从楼上跳下去。

所幸消防来得及时，水枪一支，火灭了；举高车一上，几个人得救了。男生下到地面，第一眼就瞅见了车旭，死里逃生，他的眼泪不争气地淌了下来。

别看车旭年龄小，但他特瞧不起男人掉眼泪，上前就挖苦对方：真有出息，得，消防救了你的命，咱俩算算该给我们什么回报。

在一旁的班长赶忙制止：别光图嘴上痛快，回头人家再到网上骂你祖宗八代。

让人意外的是，男生也录了段视频发到了网上，他首先给车旭道歉，然后跟大家分享了一个故事——

在苏格兰，有个贫困潦倒的农夫带着儿子干农活儿，忽然听到有人呼救。跑过去一看，有个孩子掉进了粪坑里，农夫毫不顾及地跳进粪坑，救了孩子。孩子的父亲是个贵族，携带重礼答谢，农夫拒绝了，贵族便请求把农夫的儿子带回了城里。

农夫的儿子叫弗莱明，后来成为著名的细菌学家，发明了“青霉素”，当时被誉为与原子弹和雷达齐名的重大发明。而那个贵族的儿子则是英国著名的政治家丘吉尔。

“二战”期间，丘吉尔出访非洲，得了肺炎。在那个年代，肺炎是绝症，医生们束手无策，弗莱明紧急赶来，用自己的发明救了丘吉尔。丘吉尔感激万分，说谢谢你和你父亲给了我两次生命。弗兰明说不用客气，第一次你应该感谢我父亲，这一次你得感谢你的父亲。

在视频的最后，男生说，世间有很多回报无法计算，农夫救起一个孩子，给世界带来了巨大的影响。我刚刚认识的消防也是，他们不计回报，也会被人们遗忘，人们只有在命悬一线时才会想起他们。

车旭看后给男生发了微信，说文化人就是不一般，讲的故事把我绕晕了，啥感谢我父亲、感谢你父亲啊？还有你那张脸，太严肃，差评。

男生回复说，别跑题，还是商量下一起搞个系列视频发布到网上吧。他跟车旭商量好了，这个系列就叫“‘吉祥物’在消防”。至于制作费用，男生不让车旭管，他说能让大家提高消防意识，就是最大的回报。

第四辑　迷人的营盘

大树的理想

大树的全名叫林大树。

大树很小的时候就讨厌自己的名字。叫什么不好呢？非得叫大树。

大树吵吵着要改名，可大树的爹不干。他说大树五行缺木，叫树吉利。

大树说干脆叫木森得了，林木森这个名字里全是木。

大树爹不乐意，说木多了不好，物极必反。

大树很苦恼，说就俺这个头还叫大树，闹得同学都拿这名字跟俺开玩笑。

大树爹说，就因为你的个头小，才给你取名叫大树。大树爹还说，别跟俺一样长成小矬子，将来长个大高个儿，不干活站那儿也好看。

可大树怎么吃也不长个儿，就想到部队去锻炼。体检的时候，大树偷偷翘了脚，才勉勉强强过了关。

都说部队的饭养人，可当了兵的大树还是没长个儿。他跑到单杠上吊啊吊，可个头依然原地踏步。这让大树彻底没了念想。

好歹单杠没白练，大树的军事素质可真不赖。因为工作训练表现好，转眼间，小个头的大树就成了老班长。虽然战友们不笑他个头小，但大树还是挺自卑。他心里也有自己的理想，那就是总有一天要当一棵真正的大树。

部队要去抗震救灾，大树第一个报了名。他怕领导不同意，嚷着说自己的个头最适合去前线，赶上钻个窟窿救个人的，别人不行他肯定行。

大树说得还真准。到了灾区，仗着自己个头小，每次救人他总是第一个往里冲，还真发挥了大作用。

可大树还是闹了情绪。

部队要进山救群众，组织突击队到山上先开路。大树虽然报了名，可领导却说他很辛苦，等着跟大部队一起进山就行了。

大树还要再坚持，领导没跟他再客气：你的个头太小了，干突击队员不合适。

大树一听，瞪起了眼：虽然俺的个头小，照样能当开路先锋。

大树跟战友们拼了命地往前冲，硬是在没有路的山上开出了一条路。群众开始转移了，大树的脸成了大花脸——汗水跟血水混在一块儿。大树根本顾不上疼，因为他猛地想起一件事。

他匆匆赶到悬崖边，把绳子拴到自己腰上，然后跟战友们大声喊：不怕死的站过来！还没等大树眨眨眼，橙红色的消防服就站成了一堵墙。

老乡们一看也急了：娃子，这里太危险！

大树露出了小虎牙：不危险要俺们干什么？

老乡还是急：我们自己多注意，你们千万不能站在这儿，如果有半点闪失都会丢性命！

大树拍了拍胸口：老乡你就放心吧，只要你们没危险，俺大树站成树桩也得站！

战友听了很感动，说班长你可不是树桩，你往这一站就是一棵大树！

因为大树表现突出，领导要给他记功。大树一听，急了眼：活儿是大家一块儿干的，要记功先给俺的战士记。

大树把荣誉让给了别人，立功的战士说：跟着大树班长干不吃亏，你在俺心目中就是能乘凉的参天大树。

大树跷起脚、搂着战友的肩膀，偷偷在人家耳边说：俺的理想就是当一棵大树，你的话俺最乐意听。

立功的战友竖起了大拇指，大树挺起了胸脯，脸上笑开了花儿。

我是一个兵

盛夏，清晨。

在我服役的部队营区里，我踩着一张书桌，趴在营房东墙的黑板报上写字，冷不丁听到背后有人说，这字，不孬！嗓门很大，震得我耳朵嗡嗡直响。

回头一看，那人正咧着嘴笑。他眯缝着眼，一字一顿地读板报上的字“庆祝建军七十周年”，然后朝身旁的中队干部夸赞，这兵，不孬。我有些不好意思地摸了把脸，手上的粉笔末把自己抹成了大花脸。那人笑得更厉害了，说画脸谱要唱戏，不孬。听罢，我紧跟着羞红了脸，那人又说，知道害臊，不孬。我壮了壮胆子，告诉他，我的脸是被肩章映红的。那人愣了一下说，咦，不孬。

那一年，我肩膀上扛着崭新的列兵衔。听到他连续说了几个“不孬”，便有些心慌。当然，至今我仍不明白最后一个“不孬”指的是什么，我只是听说，他喜欢用这两个字夸人。

我的训练成绩在新兵中垫底，这让我时常感到自卑，对于以执勤为中心的基层部队来说，军事业务差的人是没有地位的。但他跟中队干部说，这娃娃有文采，不孬。他说话惜字如金，显得很吝啬，也让“不孬”在我心中变得很有分量。那时候，一句肯定的话，甚至仅仅一个赞许的眼神，对我而言都是莫大的鼓舞。

有一次，五公里越野，我实在坚持不下来，中途打了报告，撒谎说自己脚崴了。班长瞅我一眼，说你那点儿小把戏都是我玩儿剩下的。这事传到了他的耳朵里，他有些恨铁不成钢地埋怨我。好像怕我承受不住压力，又安慰我说，你有特长，以后可以给部队写文章，到哪儿都别忘了自己是一个兵。

那是他对我说话最多的一次。

受他的影响，这么多年来，我一直在坚持写文章，有新闻报道，有散文随笔，有报告文学，还有小说和剧本。我写得最多的是军旅生活，我想用自己的文字向培养我的部队，以及曾经与我朝夕相处的战友致敬。

若干年后，老部队的战友联系我，说是队上建了荣誉室，我的照片“上墙”了，让我无论如何也要回去看看。我答非所问，反过来问他，能否联系上那个爱说“不孬”的人。几乎是脱口而出，让我俩都感到意外。对方回答，他去年刚病逝。这让我长久地陷入悲痛之中。

那是一个老兵，退伍之后跑到部队，无偿帮忙侍弄菜地。他守着老营盘，迎来一茬茬的新兵，又送走一批批的老兵。在他眼里，我们每个人或许都像地里的蔬菜，全都扬起了水灵灵的笑脸，让直线加方框的营区变得有色彩、有生机。

愧疚的是，我只记得他姓林，是一位退伍多年的消防兵，时至今日，我跟他都没有过多的交流。但我非常清楚，他希望我能脚踏实地地当好一个兵。

又是这样一个盛夏。在即将到来的建军节前夕，我决定回老部队一趟，不是为了看荣誉室光荣榜上自己的形象，那些都已成为过去，我只是想到他坟前跟他说说话。

我想告诉他，我虽然没在基层灭火救援，但我可以自豪地说“我是一个兵”。

让我想一想，我还要给他读几篇文章。因为，他肯定知道：“有一种职业危险却需奋不顾身，有一支队伍忠勇却需久久为功。”

春天的回忆

今年春上，我经历了三个春天。您别急，用这句有点像病句的话开头，并不是哗众取宠。

确切地说，是在一个月前，受上级委派，我去广东采访，在那里，我看到了成片的竹海，还有笑在枝头的紫荆花。几天后，我又去了四川，在路旁的榕树下，我跟多年未曾谋面的老战友说，这长胡子的大树让南国的春天无处不在。

现在，我回到了北京，窗外有一片杨树林，此时正绿意盎然、杨絮飞舞。北京的春天如约而至，吐着新绿的杨树像一个个挺拔的哨兵。

新兵那一年，部队驻在鲁西北的一个小县城，上岗执勤时，我经常让目光拽着思绪，投向广袤的原野。营区外是一眼望不到边的庄稼地，它们总是以不变的姿态接受我的检阅。

日子在战友们热火朝天的训练中飞快度过，可我却觉得每一天都像白开水一样没什么滋味，无论训练还是工作，我都比不上别人。很长一段时间里，我都想破罐子破摔，直到当时一位总队领导到中队当兵，我才重新找到了自信。

那是春末的一个午后，那位领导搬进了我们班的宿舍，把新兵乃至班长吓得不轻。班长慌里慌张地打了个敬礼，喊了声“首长好”，那位领导还礼，说班长同志，我不是首长，我是列兵。定睛一看，崭新的列兵衔在他的肩上很耀眼。看着班长手足无措的样子，我有些忍俊不禁，如果不是总队领导在面前，我会笑出声音的。

熟悉了之后，我发现那位领导是个很有趣的人。他喜欢下象棋，只要不忙，会拉着我杀上几盘。可他动不动就悔棋。每回遇到这种情况，我便把吃掉的棋子攥在手里，他便像小孩子一样嘀咕个不停。偶尔我会把棋子再搁回去，他瞬间喜形于色，似乎占了很大的便宜。我自然要挖苦几句，嫌他耍赖皮，他通常会不好意思地笑起来，脸也跟着羞红了。我觉得这个事情很有意思，就偷偷告诉另一位新兵，说首长也会脸红呢。那个新兵咧咧嘴，半天才闷出一句话，说中队部的兵就是胆子大。哦，忘了说了，那会儿我已经是队上的通信员了。

通信员是个体面活儿，平常坐在那里写写画画，可以有很多自由支配的时间，这令其他新兵艳羡。但我总是粗心大意，犯一些低级错误。那位总队领导有看报纸的习惯，每天都会趁着别人午休的时候去中队部翻报纸，也因为这个原因，我对他有了更多的了解。

有一天，他让我帮个忙，我不假思索地答应了。他找出几份报纸，指了指几篇文章，让我抄下来。这实在是个磨人性子的苦差事，一个个米粒大的小字无时无刻不在考验着我的毅力。好不容易抄完了，他又给我几张报纸，指给我几篇文章让我继续。抄来抄去难免出错，他就板起脸让我重新抄写，我敢怒不敢言，心想，回头一定要找个机会“报复”一番。

没几天的工夫，我就逮到了机会。县里的一个演出队到中队慰问，我带头起哄把他忽悠到了台上，逼着他表演节目。看惯了他平常在训练场上认真严肃的样子，再看他那时在台上略显紧张的模样，兵们早就乐不可支了。

说实话，他唱歌非常难听，但却很有鼓动力。刚唱了几句，兵们就跟着一起合唱，“战友战友亲如兄弟，革命把我们召唤在一起……”，那熟悉的旋律、现场的氛围，至今让我心生感动。

真正感动我的，是跟那位领导分别的时候。

那天，他跟我说了很多话。印象最深刻的是，他告诉我，抄报纸是为了改掉我粗心的坏习惯。他跟我说，当消防兵必须学会认真和细致，否则一丁点儿的差错都可能酿成大祸。当时我似懂非懂，也没太在意，因为我留意的是他跟我说的另外一句话，他说我写东西不错，如果爱好就把它变为自己的特长，将来肯定会大有作为。这句话激励了我很长时间。

很多年前的事情至今记忆犹新。事实上，很多时候，人在不经意间会被一段旋律，或者记忆深处的某个片段打动，当自己去努力回想这旋律，去回忆那片段，却发现一切又变得生疏而遥远。因为这样的感受，心里会生出别样的滋味，有温馨的，有愉悦的，有苦恼的，有酸楚的。但毫无疑问，对我而言，这一段记忆是温馨而美好的。

正如文章开头所说，春天能在不同的时空渐次呈现，本身就是件奇妙的事情。我想，人生总会拥有若干个春天，而属于自己的，最值得留恋的，应该定格在那曾经的青葱岁月。那很可能只是一次出警、一次训练、一次恶作剧后的沾沾自喜，再或者是训练场上的一步一动。

嚯，瞧吧，春天真的来了，属于她的回忆正在慢慢苏醒……

“图兰朵”的梦想

我叫图兰朵，名字听起来很洋气。

你可能已经猜到了，我男朋友绰号叫卡拉夫，是个铁杆的歌剧迷。以前没事儿的时候，他总爱跑到国家大剧院看歌剧，关键是他从来不带我，回来以后一个劲儿地瞎哼哼，还从来都不在调调上，非得把我的魂儿全都吓掉了才作罢。前段时间有个很火的娱乐节目，他也喜欢看，看到半截就笑得前俯后仰，后来我才明白，他找到了自己的同类，那节目管五音不全的人叫“音痴”。

其实吧，这些都无关紧要，我对他最大的意见是，说好了相濡以沫，却自己跑去看演出，你说说，我能不闹情绪吗？还有，让我搞不懂的是，他最近一直闷闷不乐。有烦心事儿可以跟我唠一唠，干吗非憋在心里边呢，看他难受的样子，我心里也不得劲儿，别扭得很。

你瞧吧，他现在就坐在我旁边，自始至终没抬头，好像我根本不存在似的。过去，他喜欢轻轻摩挲着我的身子，跟我说悄悄话，上来兴致了，还会捧起我的脸，亲上两口。你别想歪了，我们已经习惯了用这种方式传递情感。说到这里，我得告诉你一个小秘密，每当他目不转睛地盯着我的时候，整个人都变得更有精气神儿了，你要知道，倘若一个男人专注地在做某一件事情，而且因此带着怜爱和慈祥，那浑身上下都会洋溢着诱人的生动，更何况他原本就英俊潇洒。我每回都按捺不住心里的冲动，用头去迎接他的胸脯，然后给他一个大大的拥抱。可是，现在卡拉夫的眼睛一眨不眨地望着别处，叫我心里发慌。

我始终很自信，我明亮的双眸闪烁着一种光芒，能够穿透他的躯体，看到他的内心深处。这是极其痛苦的一件事情，某些情绪时不时地会蹦出来，摧残我的心智，吞噬我的意志。比如，当初彼此刚认识的时候，我就看出来了，他对我极不友好，好像跟我在一起蒙受了天大的冤屈。后来，我处处跟他作对，想尽办法招惹他，别说，这招儿还真管用，我们就在打打闹闹中建立了感情，以至于看不到他的时候，我心里就会空落落的。

依我跟他的交往来看，我可以负责任地告诉你，他的脾气糟糕透顶，也就是我吧，才能容忍他的臭脾气。可今天他到底是怎么了呀，以往遇到烦心事，他早就一蹦三尺高了，如此沉默让我很不适应。让我想想，难道是因为国庆放假没休息闹情绪？不对啊，他是我们队上有名的工作狂，跟他在一起，再棒的小身板都吃不消。或许是挨领导批评了吧，也不对，他一直把荣誉看得比什么都重要，生怕为自己的事耽误了工作。

提起这个，他曾经有段糗事儿。刚跟我认识那会儿，我们关系紧张，我冲他发脾气，他也跟我吹胡子瞪眼。有段时间，因为过敏他生了一脸的痘痘，归罪到我的头上，想放弃我，到末了，领导批评他，让他好好考虑一下自己的职责，得，这话真管用，他乖乖地就范。

话又说回来，他也真是不容易，所有亲戚朋友，包括他父母在内，都反对我们在一起。可他犟得很，认准了的事就不认输，撞到南墙上碰个头破血流也不肯回头。现在我们是最佳拍档，是队上公认的模范情侣。

哎呀，越扯越远。言归正传。至今我还没搞清他今天犯了什么邪，我很想安慰他，但却说不出口。这都半晌午了，别人训练得热火朝天，他还在发呆。嘁，不想跟我说拉倒，有本事一直端着，憋出病来可跟我没关系。

就在这个节骨眼上，他的手机响了，我看到他有些迟疑地接听了电话。我还看到他一直没说话，眼角都有泪花了。哪个家伙敢欺负我家卡拉夫？当时我就想替他讨回公道。可我没想到的是，他说了句还是分了吧，然后硬生生地挂了电话。他还是那副德行，让我急不得骂不得。

哪儿能说分手就分手呢，那个女孩子对你是不错的，大龄青年了，别任性啦。卡拉夫显然看懂了我的心思，他慢悠悠地对我说："图兰朵，她说我如此拼命不值，还说这地球缺了谁都转，干得再好组织上也看不见。分分钟跟她分手，你懂的，我不喜欢讲大道理，我就觉得穿了这身军装就得干好自己分内的事儿，这是我的心里话……"

后半截话他没说完，我们又得出警了。我合计着回头跟他好好谈一谈，不能再大男子主义，能碰上个知冷知热的女朋友不容易。还有啊，卡拉夫，你放心就是了，我绝对不会为此争风吃醋。

差点忘了，我只是他的战友，我叫图兰朵，纯种的史宾格搜救犬，千万别因为我是颜值很高的小女生，就对我们的关系产生误会，我们的感情是纯洁而美好的。就要到现场了，没空再唠叨了，我得下车了。

上帝啊，雨后的首都天上像是挂了一块阔亮的幕布，把街边上国庆节摆放的花篮衬得格外鲜艳。这是卡拉夫下车后跟我发的感慨。好家伙，他的文艺范儿又来了，该不会又要吼一嗓子歌剧吧。吼就吼吧，再难听我也不吱声，因为我现在可以放心了，他的状态已经基本恢复正常。

不过，我的好奇心很重，终究没忍住抬头瞅了一眼，他说的没错，这是个绝好的天儿，只是经历了这档子事儿，他还硬撑着跟我一起出警，反倒让碧蓝的天空显得特别不真实了。

最后，我必须告诉你，我图兰朵现在只有一个梦想，能让卡拉夫和他的战友们都安生地歇上几天，也让他有机会去把那丢掉的爱情找回来。

好啦，该干活了，有空再絮叨。

忙年

老牛婶

水已经烧开了，“咕噜噜”的直冒泡，老牛婶麻利地把饺子倒进锅里，用漏勺在锅底抄了几下。

胶东人过年规矩多，打过了小年人们就忙活上了。要炸鱼、蒸饽饽、烀猪头，还得亲手做上一锅豆腐。庄户人家有讲究，样样都借着谐音图个吉利：年年有余、勃勃生机、六畜兴旺、家家都富……老牛婶对这些活计最拿手，街坊邻居都羡慕。

今年老牛婶感到力不从心，她几次给儿子打电话，让他带儿媳妇回家帮帮手，都没个准信儿。关键的问题不好明说，她实在是太想大胖孙子了。盼啊盼，直到除夕夜，村子里响起了鞭炮声，她才彻底没了指望。

儿子长大了，进城当兵了，按理说老牛婶不该再担心他，可越是到了年关，她心里就越是七上八下的，没个着落。她大字不识几个，不会读书看报，但心里边明白着呢，电视新闻上演过，儿子动不动就带着人去灭火。

这火着起来可真吓人，乡下顶多是柴火垛着把火，烧光了也就干净了，城里可不一样，啧啧，光看电视就能惊出一身冷汗。儿子说干上了宣传科长，什么宣不宣、科不科的，净整些新鲜词儿，别欺负农村老太太没文化，打老辈上就知道水火向来不长眼。

老牛婶再累，手头的活儿还是利落的，想完那些心事，饺子也煮熟了。捞起来，端上桌，就齐活了。

饭菜已经满桌，除了先前说的那几样吃食儿，她还专门炖了地瓜、芋头和芋头母子，儿子爱吃是一方面，关键是这几样东西也很吉利。祖上传下来一句话，叫“地瓜金、芋头银、芋头母子聚宝盆”，老牛婶似乎已经看到金银财宝在满地打滚。

全都置办妥当了。老牛婶习惯性地多摆了三副碗筷，男人看后，把举起来的筷子又放下，从烟荷包里捏出烟丝，仔仔细细地在烟袋锅里摁实了，点上。烟火一明一灭，烟雾缭绕开来，他隐约看到桌前有三个身影，好像儿子、儿媳和孙子坐在那里，正准备吃年夜饭。

老牛婶给男人满上一杯酒，埋怨他都过年了还在那里胡思乱想。男人赶忙清清嗓子，说这莫合烟呛。别说，老牛婶还真从男人的眼里看到了泪影子。

牛刚

无论牛刚怎么解释，母亲都搞不懂宣传科长是个什么营生。也罢，只要让老人家知道，这个活儿比过去轻松而且还安全就行了。

掐指一算，结婚都五个年头了，牛刚每年春节都是在队上过的，爱人和自己都是消防兵，越是逢年过节越忙活。地方群众管年根这几天叫忙年，他们管这叫战备，按照往年统计的数据，这个节骨眼上，出警量是平时的好几倍。

今年他是有机会回家过年的，恰巧赶上科里除夕值班的参谋老婆预产期提前了。本来他就想让那个参谋回家过除夕，人家不愿意，反过来说，能赶上回家过年不容易，让他陪陪老人孩子过个团圆年。

谁都不容易啊，那个参谋连婚假都没休过，如果妻子生产再不在身边，就太说不过去了。牛刚带着命令的口吻把那个参谋撵走了，他觉得替战友值这个班责无旁贷。而且他认为这样正好，本来就打算做个春节战备的纪录片，缺了除夕夜是他莫大的遗憾。牛刚想，只要片子在电视台一播出，乡亲们看到自己的名字，肯定会夸老牛婶养了个好儿子，母亲准保乐得合不拢嘴，这比别的年礼还要重。

牛刚主动要求到鱼鸟河中队，他来这里有私心，之前他在这里工作过，跟战友一起出过上千次的警，他希望兄弟们能在电视上露露脸，谁家父母看了都会欢喜，这就等于给老家的亲戚朋友拜年了。

半路出家干宣传的他一直扛着摄像机，在不远不近的地方跟拍，虽然警铃时常响起，惊得他想把摄像机摔掉，跟着一块出警，但他还是忍住了。这个条件反射多多少少影响了画面质量，但牛刚安慰自己，真实的就是最有力量的，这恰恰能让人们体验消防兵的生活。

兵们开始动手包饺子了，小个子新兵跑到跟前，正冲着镜头卖萌，他下队的时候不满 18 岁，还为想家哭过鼻子，当时作为指导员的牛刚没少找他谈心。现在看，才个把月不见，小家伙就成熟多了，虽然唇角细细的绒毛把他的年龄暴露无遗。

牛刚正想跟新兵调侃几句，小家伙冷不丁地把手上的面粉抹在了他的脸上，完事就跑了。好家伙，那些兵们全都挤了过来，牛刚护着摄像机，只有招架之力。如果不是警铃响得及时，还不知道得折腾到什么程度。

瞧吧，那个新兵边跑还边回头吐舌头，一副幸灾乐祸的样子。

我

一整天了，我一直都没闲着。这不是我在叫苦，更不是我在邀功。

上午，我就看着他们挂灯笼、彩旗；下午，又看着他们开了个联欢会；吃罢年夜饭，他们又凑在一块儿包饺子。

零点的钟声即将敲响，饺子刚刚下到锅里，刺耳的警铃声又响起来了。他们从我眼皮子底下飞快地跑到车库，着装、登车、出警……新的一年就这样忙忙碌碌地开场了。

营区里暂时安静下来，依我看，今天晚上他们还得出警，还得忙活。我估计我跟他们一样，也得忙个通宵，但我觉得很值，因为通过我，你可以看到消防官兵过大年的镜头，那肯定是一段让你唏嘘不已甚至永生难忘的纪录片。

行了，别猜了，我就是牛刚手上的摄像机。不过，他有好几次险些把我扔到地上，我对他很有意见。

白帕子

一

中队旁边有条红军街，是远近闻名的红色旅游景点。夜幕下，屋檐下精致的灯笼，汇成红色的河流，分外夺目，让人不禁浮想联翩。

黄骁乘车经过那里时，街巷里依然人头攒动。他刻意多瞅了几眼，虽然中队离这里很近，但他很少有机会到街上闲转。

消防车驶进车库，出警的官兵在中队院子里集合，黄骁作了简单的战评，安顿战友们休息之后，才有工夫忙活自己的事情。

他在微信群里报了平安，母亲发了个数字“161”，父亲跟着发了条语音信息，说成天发这个干吗，母亲回了句用你管，微信群就安静了一阵子。

微信群里只有三个人，以往父母偶尔拌嘴，只要他一掺和就乐呵成一片了。黄骁通常是用发红包的方式来调节气氛，但今天晚上，这招不好使了，这让他有些哭笑不得。父母从来不发红包，转发最多的是心灵鸡汤的小文章，显得他们极其抠门。

父母节俭也不是什么丢人的事儿，他们是土家族，虽然在城里生活了这么多年，身上依然保留着山里土家人的传统，比如父亲书橱里的那条白帕子。

白帕子是那种极为普通的白毛巾，年岁久了已经泛黄，在老家山村，土家人经常在头上包一条这样的布帕。他好奇父亲为什么将之视为珍宝，并因此打过他的屁股。

父亲过去也在消防部队服役，是名声在外的业务尖子，熟悉他的人都会跷大拇指。但黄骁始终认为，父亲是个失败的消防兵。

二

在黄骁 3 岁那年，田沟煤场发生特大爆炸事故，父亲带着“敢死队”进入井下 800 米进行救援，他们背出了 32 名被困群众，却倒下了 3 名战士。父亲命大，在医院里昏迷了三天三夜，醒来后就跟以前不一样了。

黄骁那时候年纪小，只是懵懵懂懂地记得，在那之后很长一段时间里，父亲成天板着脸，很少说话，而且时常对自己吹胡子瞪眼睛。顽皮是孩子的天性，但父亲不允许他出一点错儿。

8 岁那年，赶上父亲过生日，黄骁拿出自己的积蓄，买了个婚礼上用的那种喷花筒，想给父亲一个惊喜，为了更加隆重些，他把那条发黄的白帕子包在了头上。结果被父亲结结实实地揍了一顿。黄骁委屈极了。

打那以后，只要父亲一回家，黄骁就会感到特别压抑，他甚至怀疑自己是不是父亲的亲生儿子。他无论如何都想不明白，父亲到底怎么了，成天在部队里忙活，一个星期回不了几次家，回到家除了批评就是责怪，对自己挑三拣四，没完没了。

稍大一点儿，他把这些烦恼写进了日记，除此以外，他没有别的办法。黄骁经常跟父亲闹点不愉快，有时明知道自己错了，也要去做。他不想对父亲让步，哪怕一丁点儿。也多亏有母亲护着，否则他极有可能跟父亲闹出点儿动静。

尤其在高考结束后，黄骁连“父亲”都不愿意喊了，他恨不得直呼其名。他跟犯了邪似的，非要跟父亲作对。

想想也是，在填报高考志愿时，父亲几乎用命令的口吻，让他报武警学院，只要跟消防有关的专业就行。还没等黄骁抗议，父亲就说他肯定考不上，还哼了一声。黄骁觉得那声音是从鼻孔里拐了好几道弯儿才出来的，有什么大不了的啊，我黄骁决不会认怂，不就是当消防兵吗？我要用事实证明，我比你强，退一万步讲，我最起码能把事业和家庭兼顾好。

三

不知不觉已经过了零点，黄骁出了中队部，他要去查铺，这是条令的规定，也是他的习惯。

转完宿舍，他又到营区门口查哨，刚好碰到林虎蓝在上岗。林虎蓝很有名，在楼房坍塌现场，他飞身救起了危在旦夕的女青年，曾经走进央视“中国骄傲”。在现实生活中，这个比自己还要大几岁的班长却非常低调，因为工作原因，他主动推迟了好几次探亲休假。

作为一个年轻的指导员，黄骁觉得自己有很大的差距，好多事情让他难以平衡。兵力紧张，执勤压力又大，该探亲休假的士官都安排不过来。他忽然觉得自己十分幼稚，跟父亲赌气进了部队，现在却不得不服气。

此时，他有些后悔，在家庭与工作之间，他和林虎蓝，还有父亲黄大强都无能为力。黄骁决定回中队部为林虎蓝填写探亲休假表，然后再写一份政治教育教案。

他翻箱倒柜地查找资料，在已经发黄的纸上，黄骁看到一句话，“一条白毛巾是他们在毒气浓烟中唯一的保护”。这是1993年田沟煤场爆炸事故事迹材料上的一句话，他忽然想起了父亲珍藏的那条白帕子。

愧疚之情一股脑儿地涌上心头，他瞬间明白了一些道理。黄骁的家离部队很近，他很想马上就回去，跟父亲说声对不起，但因为值班，20分钟的路程似乎远在天边。

沉思片刻，黄骁决定公开向父亲道歉，说点什么好呢？他再三思索，也没找到合适的词，到最后，他干脆把队训发到了微信群里——忠诚、传承、无畏、奋进。他想，父亲应该能理解自己。

万万没想到的是，父母都没睡。母亲又发了一个数字“162”，黄骁清楚，母亲是在提醒他，已经162天没回家了。父亲也跟着发了句话：“别影响儿子工作，不是不让他回家，想想那群战士，一年也回不去一次家，当干部的就得做个样子！”母亲立即回复一个愤怒的表情。两口子太好玩了，睡在一张床上，却要在微信群里争吵。

黄骁想笑，可惜还没笑出声来，就听到了警铃声。

出警！

黄晓撒开腿就往车库跑，一边跑一边想，回头得陪母亲逛逛红军街，还得叫上父亲，他不但是父亲，更是消防的老前辈。

金果飘香

骆健

每逢周末，中队都会对消防车进行保养。

只要人在队上，所有的集体活动骆健都会参加，只有这样才能跟兵们打成一片。

骆健是孝感市孝昌县消防中队的指导员，即便再熟悉部队的人，也难以把他从人堆里区分开来，他中等个头，黝黑的脸庞，还有擦车的认真劲儿，根本不像是个中队干部。

车身已经被擦得铮亮，在阳光下，闪亮的光弧有些刺眼，甚至让他感到眩晕，还有那么一点儿胸闷。这种生理上的反应来自心理，因为今天他的心思就完全不在擦车这件事上。

对讲机响了，王智勇报告，说“安全到达现场”。只有这六个字。王智勇向来如此，涉及工作决不拖泥带水。可现在，越是这样，骆健就越不放心。

这几天，确切地说是从前天开始，王智勇就开始闷闷不乐。他跟王智勇聊过几次也没聊出个所以然来，王智勇好像故意把自己屏蔽了。在骆健眼里，王智勇是那种性格开朗的人，工作之余，私底下跟他开过大大小小的玩笑，这种情况十分罕见，除非是家里碰到了什么事。

想起这个，骆健有些愧疚，他始终觉得欠王智勇一个道歉。

那是去年秋上，赶上家里有急事，王智勇请求休假，但队上执勤力量紧张，加上审批需要个过程，等假批下来后，王智勇已经没有回家的必要了。这次，该不会又是这个原因吧？骆健分析各种可能性，到末了，他认为王智勇极有可能是跟女朋友闹了别扭。

别看社会上好多女孩对消防兵崇拜有加，真到谈婚论嫁就另当别论了。想想也是，一旦嫁给消防兵，忙乱算不上什么，潜在的危险从来没有征兆。

某一瞬间，骆健的思路有些乱，他甚至埋怨自己跟兵们关系过于密切了，导致工作和生活很难界定。可回过头来一琢磨，这不是问题，“战友战友亲如兄弟”是老传统，更是铁打的硬道理。

得了，不管怎么说，都得给王智勇道歉，虽然有些迟，但这是一个态度。

王智勇

虽然有些烦躁，王智勇还是被短信逗笑了。

如果不是骆健提醒，王智勇真忘了今天是 5 月 20 日，也不知道是谁的创意，图吉利的年轻人借谐音，在这一天向另一半表白。出警归队后，骆健跟他说，别忘了给弟妹打个电话，告诉她“我爱你”。看着骆健认真而呆萌的样子，王智勇忍俊不禁。

话又说回来，王智勇还真有点承受不起。他在心里嘀咕，骆健到底怎么琢磨的，早就忘到脑门子后的事情了，还给我道歉，我好歹也是第八年的兵了，哪头轻哪头重还是分得清的，好家伙，把我当成重点人了。在部队上，“重点人”这三个字不是什么褒义词，那等于这个人思想上有问题。王智勇有些哭笑不得，他干脆赌气什么也不说。

别看现在王智勇心里不舒坦，但他还是跟往常一样，决定跟骆健搞个恶作剧。他万万没想到的是，骆健把马国柱搬了出来。嗐，这事一时半会儿是说不清了，干脆保持沉默吧。

马国柱

不可能！这里面肯定有什么蹊跷。这是马国柱的第一反应。

王智勇刚当兵的时候，就在马国柱队上，训练执勤样样拿得起放得下，最关键的是思想上绝对过硬。

马国柱刚调整到孝昌县担任大队教导员，别看任职的时间不长，对官兵的思想状况，他基本了如指掌。一个锅里吃饭，哪有勺子不碰盆的呢？一个是指导员，一个是战斗班班长，管理者与被管理者之间难免存在误会。

说实话，骆健和王智勇都是那种实诚人，不会背后搞小动作。王智勇新兵的时候，曾经在马国柱手下干过，他认为凭自己跟王智勇的“老交情”，个中缘由很快就会水落石出。但这一次他“失算”了，王智勇一问三不知，明显不肯配合。

一晃半天过去了，据马国柱观察，两个人都很正常，反倒是他本人碰到个事。不知谁寄来一箱子枇杷，地址是孝南区，里面有张字条，说是感谢他帮忙。

他曾经在孝南区消防大队干过副大队长，没少跟地方单位打交道，还因为监督执法得罪过人。现如今，在经济利益的驱使下，个别人总想着给党政机关工作人员的脸上抹一把黑灰。马国柱自信自己坐得端行得正，他猜想这突然冒出来的枇杷或许是哪位朋友给的惊喜吧。

熟悉马国柱的人都知道，他长期跟家人两地分居，4 岁的女儿甜甜是他的掌上明珠。上周，甜甜无缘无故烧到 40℃，为了给孩子治病，他找过几个朋友帮忙联系医院。他们知道女儿喜欢吃枇杷，而且枇杷这东西可以治疗肺热咳喘。他很想挨个儿给朋友打电话，无论如何也该给人家道个谢。可现在王智勇的事情还没搞清楚，他没精力琢磨这箱子水果。

还好，在晚饭前，王智勇总算是说了实话，伸出手指头比画一下，说还有 6 天，自己已经跟同年战友说好了，想过几天一起去看看……哦，再有 6 天就是 5 月 26 日，那是个特殊的日子。3 年前，在安陆市，智勇带过的兵孙雨豪在救援中牺牲了，离开人世的时候才刚刚 18 岁。

那是个很优秀的兵，新兵那年就参加大比武，当兵第二个年头就入党、学车，很多人都说老天爷不长眼。事后，马国柱去过雨豪家里，雨豪的母亲精神失常，根本不知道丧子之痛，看着来来往往的人，只是蹲在地上一个劲儿地笑。

今天是周六，明天是周日，马国柱想：何必再拖上几天呢？他决定明天就带智勇和骆健去尽孝心，对，还得带上那箱枇杷。

孝感人管它叫“金果”，它的香气已经飘到了夜色里。

迷人的营盘

夏日午后，灼热的阳光让警铃声越发刺耳。

陈佳垚跑到车库，刚佩戴好救援装备，就被大老柳拦下了。大老柳说他“毛病”，让他“滚蛋”。他只能望着呼啸而去的消防车背影，在肚子里骂娘。

“滚蛋”和“毛病”是班长大老柳的口头禅，好像所有人身上都有问题。究竟是谁的毛病呢？这个问题跟一加一等于二一样，简单明了。

陈佳垚极不情愿地脱下战斗服，慢腾腾地走出车库。他把目光投向不远处的攀登楼，索性抹了一把滚烫的脸，以百米冲刺的速度跑了过去。

他扛起挂钩梯，起步、奔跑、悬挂、爬梯……干脆利落地完成着平日里的训练科目。他一口气儿上了楼顶，朝着面积不大的营区大吼几声，似乎只有这样才能发泄心中的怒气。

大老柳实在是不讲道理，仅为一个接警电话就急眼了。起因是陈佳垚接了个报警电话，对方是个放暑假在家的小学生，非要让他唱“小星星”。他当时就恼了，劈头盖脸把孩子训了一顿。这种叫人哭笑不得的电话多得很，有让充电话费的，有要求陪聊的，甚至有人让帮忙介绍对象。报假警是要追究法律责任的，这事可大可小，以往战友们通常都不会客气，可这次陈佳垚运气不好，孩子家长给上级打了举报电话，说你们部队管理不严，把孩子吓出了病，要求赔偿。这还到哪儿说理去啊？麻烦的是，大老柳得理不饶人，竟然命令他一个礼拜不许出警，让他深刻反省，好好找一找自己身上的毛病。这究竟是谁的毛病呢？匪夷所思。还好，一周的期限只剩下最后半天了，晚饭前就可以解禁，然后又能到火场上冲锋陷阵了。陈佳垚觉得，干消防的不能进火场，那等于武林高手被废掉功夫，难受得要命。

原本他对大老柳的印象不差，人家的训练成绩在全市部队都数一数二。可自从他捧着书本复习，说要考军校之后，大老柳就换了一副嘴脸。举个例子吧，明明是完成得很好的动作，大老柳非要让他重复做上几遍，号称要纠正孤僻动作。这不是鸡蛋里面挑骨头吗？训练又不是拿尺子比着画直线，跟人的临场状态有很大关系，没法儿给个确切的标准。大老柳肯定是小肚鸡肠，怕我将来当了干部回头管着他，这样的人怎么就能成为班长，而且还在部队干了这么多年呢。陈佳垚认为这事很滑稽。

算了，不跟他一般见识，晚上的军人大会就要宣布退伍命令了，听说今年竞争激烈，估计大老柳得打背包走人了。陈佳垚做了个鬼脸，他发现自己也学会了那句口头禅。真是近朱者赤，跟着大老柳就甭想学好。

晚饭之后，军人大会如期召开，让陈佳垚失望的是，大老柳继续留队服役。他内心是盼着大老柳走人的，说白了，这家伙如果还在，肯定还会出幺蛾子，给自己小鞋穿。得了，该来的谁也挡不住，惹不起终归还是能躲得起的。

就在他胡思乱想的当口，警铃又响了。

批发市场的一个仓库着火。这是一起很小的火灾，没用几分钟明火就被扑灭了，接下来的程序是进现场检查，看是否有暗火，以防复燃。

在兵们准备进去的时候，带队的大老柳接到指令，让抓紧赶到附近的高速路上，对一起重大车辆事故实施救援。大老柳下令马上集合，陈佳垚说不行，还没打扫“战场”，我隐约听见里面有求救的声音。大老柳训斥了他，还朝他狠狠瞪了一眼，扭头跑到了车上。

某一瞬间，陈佳垚也怀疑是自己的耳朵出了毛病，但事实证明，他的听觉准确无误。在他们赶赴车祸现场的途中，仓库再次发生火灾，而且火烧连营。坦白地说，当时他心想，终于可以看大老柳的笑话了，但很快又沮丧起来，火灾事故无法预料，天知道复燃之后会不会有人命丧火海。

他们调转车头，再次回到批发市场。按平时训练的要求，陈佳垚跟大老柳是一个组，负责进入现场内攻。

现场浓烟滚滚，堆积的货物也为他们的深入制造了障碍。大老柳提醒兵们留神，陈佳垚在心里骂了句神经，谁还会傻乎乎地去送死啊。这个念头刚一闪，他就被扑倒了……陈佳垚真正回过神儿来的时候，大老柳已经被送到了医院。

一个月之后，大老柳一瘸一拐地回到了中队，他回队后的第一件事就是打了退伍报告。中队干部急了，说你这是干吗呀，这次你救了陈佳垚，正准备给你立功呢。大老柳说，铁打的营盘流水的兵，我该走了，还是把功让给他吧，那小子机灵，部队需要这样的人才，等过了年，让他考军校，否则平常训练中我对他花的那些心思全都白瞎喽。这一次，大老柳说话像模像样，破天荒地没用口头禅。

大老柳就这么退伍了，等陈佳垚知道来龙去脉的时候，刚刚接到军校的录取通知书。

那天一大早，他疯了似的爬到攀登楼的楼顶，想哭却没有眼泪。他俯视整个营区，营房依旧错落有致，却如他的心一样空落落的。

他用手机拍下营区的全景，用微信发给大老柳，又附了条语音，说没有班长，整座营盘都空了。大老柳回复："滚蛋，毛病，又拽那些酸词儿，小子，记住喽，替我，还有好多的退伍兵，守好咱们的营盘！"

看着硕大的感叹号，陈佳垚不知道该如何回复，他长久地注视着营区。不知过了多久，他忽然发现，在朝阳的照射下，他们的营盘光彩夺目，闪耀着迷人的光芒。

奖杯

一

阴郁的天气让警铃声越发刺耳。解浩刚跑到车库，就被教导员拦下了。他只能望着消防车的背影干着急。

解浩心里清楚，这事儿还真不怪教导员，儿子松松打出生就得了脑瘫，仅凭这个就不让他参加大比武，实在说不过去。不讲理也就罢了，还跟他急眼，非要让他回家照顾孩子。

算了，不跟他一般见识，事情已经到了这个地步，干脆回家看看吧。解浩填好请假条，跑步到汽车站，那里有发往大辛庄的班车。营区离车站不远不近，也就 4000 米的路程，跑步行进每分钟 170 步至 180 步，每步 85 厘米，全程不到半小时。他每次往车站跑，都会默算这组数据。他早已习惯这种方式，不仅是为了锻炼体能，关键的是能省钱。

也真是难为了妻子，从嫁到老解家的那天起，就跟着遭了不少罪。

有发小儿建议他离开部队，说又不是“正规军”，没必要拼死拼活。老实说，他打过这个算盘，可部队对他确实不错，把困难补助全给了他，也从来没把他当外人。他还真不想离开这个地方。

这不，他人在家里，心思还在队上。他最大的愿望是在支队夺魁，然后到省总队也能拿到名次。也只有那样，才能证实专职消防员的实力。

他闷不作声的样子，让妻子心疼。这个通情达理的女人清楚，此时最好的办法是让丈夫提前归队。

解浩亲了亲松松，说宝贝，等爸爸拿奖杯回来送你做礼物，孩子好像听懂了似的，发出了“好，好”的声音。

二

教导员想了很多法子，都没劝住解浩。他只能妥协，让解浩参加支队比武。

解浩心里高兴坏了，那些日子，他走路都比先前有弹性了，但他万万没有料到，事情比想象的复杂许多。

就在这个节骨眼上，聊城来了位新的支队长，此前在省总队机关一直负责队伍管理。他一听说这些情况，就果断地从比武花名册上把解浩的名字划掉了。

虽然他希望所属部队能在省里取得好成绩，可他实在不忍心让手下的兵带着巨大的压力去拼。他安排教导员做好解浩的思想工作，思量着帮解浩给孩子治病。

解浩的反应很强烈，当即请假，跑去找支队长。

也是凑巧，在他们交谈的时候，值班参谋敲门报告，说一场车辆事故导致一对母女丧生，孩子才 2 岁多。支队长问，咱的队伍呢？参谋答，在扑救另一起火灾，没赶过去，咱人手不够。支队长似是而非地点点头，三个人都不再吭声，时间也跟着凝滞了。

许久，解浩才颤颤地说，首长，你的心意我懂，瞧见吧，人说没就没了，咱可都是当爹的人……

支队长满足了解浩的心愿，再三嘱咐教导员，让他们尽最大努力帮解浩解决后顾之忧。那之后，事务性的工作一多，他就没再过问。

春节过后，队伍里出现了“杂音”。消防要改革已经在坊间流传很久，但那段时间尤其多，微信朋友圈里各种小道消息满天飞。人们难以做到心静如水，处在改革前夕的消防面临前所未有的挑战。

三

时间是个特别孤傲的家伙，从不理会人们的诉求。支队长时常想起解浩，但终究没能腾出时间帮他联系医院。

那段时间实在是太忙了。

全国“两会”传来消息：公安消防部队退出现役，划归应急管理部。部队改制是一场没有硝烟的“战斗”，总有个把人会闹情绪。别看一直风平浪静，万一哪个人的愿望无法实现，就会引发一场地震。

还真是这样。解浩就给他打了个电话，说接到个无聊的电话，怪烦人，他们都劝我别卖命，人心散了队伍就不好带啦。说完就挂了电话。

解浩的话三言两语，听起来没头没脑，但支队长明白，这是提醒他注意这个苗头。他心里一热，重拨解浩的号码，想提醒他注意安全，多给家里打个电话。可手机听筒里传来无法接通的提示音。

支队长没有多想，他忙得不可开交。事后，他才发现，好多事情错过就错过了，根本不以人的意志为转移。

解浩很争气，在全省大比武中捧回了奖杯。

跑去汽车站的路上，他忽然想起了什么，从兜里掏出手机，开机。

从接到那个无聊的电话开始，他只给支队长去过一个电话，便关了机。他无时无刻不在惦记家里，可他确实不敢分心。他现在要通知妻子，马上就要到家了。

他忘记自己是怎么进的家门。几辆军车停在门外，妻子在哭，声音时高时低，没完没了，像是在指责他什么。他吼了一嗓子，哭什么哭。紧接着，鼻子就有些发酸，他揉了一把眼，双目湿润，眼角却是焦干的。

四

奖杯安置到支队队史馆的那天，刚下过一场春雨。整座城市都一尘不染，连路边的树木都精神抖擞、干净利索。

解浩举起右手，向奖杯敬了一个庄重的军礼。刚把手放下，耳边传来警铃声，他习惯性地扭身，跑出去。在门口，他停下了步子，小心翼翼地挪开脚，盯着不知名的野草发呆。

野草顶着水珠，像松松一样伸展着小手，迎接解浩的目光。解浩缓缓抬起头，把眼神越过兵营的围墙，投向远方。那目光坚定而深邃。

他跟支队长说，放心，我会跟兄弟们守好咱们的营盘！

支队长不知该如何回答，他长久地注视着营区，他发现，在阳光的照射下，他们的营盘如那座奖杯一样，光芒四射。

只是，他无论如何也无法原谅自己，没能尽早联系医院，让松松去了另一个世界。

成长的烦恼

这是前几天刚刚发生的事情。

小顾是新招收的专职消防员，在此之前，他过着衣食无忧的生活。每次跟兄弟们聊起加入消防的原因时，他总说看了央视的直播后热血沸腾，年轻人就该在合适的岗位上干出一番事业。

他有意无意地隐瞒了内心的一个小秘密。

小顾算是个“富二代”，父亲在当地开的连锁酒店颇有名气，熟悉他的人根本无法理解他的选择。其实道理很简单，他觉得父亲的发家史并不光彩，是靠很多年前的夜总会起家的。用他的话说，夜总会是什么地方，藏污纳垢之处。

父子两人的关系一直很紧张，动不动就会闹个离家出走。直到 11 月 9 日那天，因为一件小事，他跟父亲再一次翻脸，情急之下，他冒出一句，我要去当消防员。父亲也在气头上，说最好一辈子别回来。

那天，他刚从电视上看了习总书记为国家综合性消防救援队伍授旗的仪式，现场消防救援人员的集体宣誓如雷贯耳。别说，他记性不错，进了消防之后，时常把誓词挂在嘴边。当然，他绝对不会承认，向父亲表明态度后内心是后悔的，可说出去的话等于泼出去的水，无法收回。

真正到了消防之后，小顾全然没有公子哥的架子，适应能力很强，比所有人都能吃苦，成绩是同一批入队的人员当中最厉害的。他是想通过这种方式向父亲证明自己的实力。

素质过硬的队员通常会招人喜欢，但他却让班长头疼，因为他骨子里是那种不甘寂寞的人。打个比方吧，碰到其他队员动作失误，他会在一旁指指点点，摆出严肃的样子，让人心烦。班长让他闭嘴，他会反问：我说的不对吗？兄弟们私下里说他好出风头，他不以为然，依然我行我素。班长批评两句，他嘴上应付着，心里却认为对方是嫉妒他优秀，害怕他日后取代了人家的班长位置。

很显然，小顾自认为很成熟，实际上却干了很多令人啼笑皆非的事。

队上有个不成文的规定，新队员要在各个岗位上轮岗锻炼。一个周末午后，轮到小顾去通信室接听电话，他本来就有些厌烦，赶巧接到了一个孩子的电话，让他唱“小星星”。小顾总算是找到了发泄的对象，扯着嗓子把孩子训了一通。结果人家家长到队上来索赔，还要挟要把这件事发到网络上。最后是小顾的父亲拿钱把事情摆平了。

孩子家长确实没再来闹，小顾就有些自我膨胀，说班长纯属羡慕嫉妒恨。班长提醒他说话注意分寸，他还顶嘴，班长脸上挂不住，命令他一个礼拜不许出警。这是很丢人的事情，小顾心想班长这是故意整人呐。一来二去，两个人的关系闹得很僵，他时不时还在内心诅咒班长。

之后不久，一次出警，班长为了救他身受重伤。在医院走廊，小顾提着消防斧追赶医护人员，嫌人家动作太慢。他忽然间感觉自己特别龌龊，他怕班长有个三长两短。还好，班长转危为安，但他却不断自责，情绪低落，严重影响了工作和训练，以至于不得不求助于心理医生。

搞笑的是，小顾自我认知能力超强，他不但分析了自己的问题所在，还把心理医生怼了回去。说自己心理上没毛病，是犯了自以为是的错误。

事后，小顾给班长写了一封长长的道歉信，在信中专门提到个人的苦恼。他说，过去总想着这个世界应该给予他什么，别人应该为他做些什么，从不考虑自己该为别人做什么，这种念头掳走了自己的心智，导致恶性循环，毫无幸福感……

班长在病床上看完信，给他发了一条语音微信：林肯说过，一个不犯错误的人，通常不能成就任何事业；一个没有缺点的人，往往优点也很少。

小顾回复说，一位伟人也说过，误入歧途不可怕，只要不再犯类似的错误，他的人生依然是一片坦途。

班长问：哪位伟人说的？

小顾答：顾某人是也。

瞧，小顾已经恢复了状态，用他自己的话说，已经满血复活了。班长本来还想再说些什么，比如，希望你早点成熟起来，不再做愤青。可他想了想，还是保持了沉默。

班长觉得，时光会把小顾身上的棱角打磨掉，只是早一天迟一天的问题，再者说，所有人都会经历这个年龄段，或多或少都会碰到同样的困惑。

想到这里，班长会心一笑，他琢磨着，这可能就是成长的烦恼吧。

掀开岁月的盖头

如果有人说下面的闹剧是虚构的，我并不打算反驳，因为，很多事情或许只有遭遇过才能懂得。

得有大半年的光景了，专职消防员小裴都过得特别压抑。

他先是一夜间成为网红，然后又被告上法院，这戏剧性的变化令人始料不及，跟坐过山车似的，眨眼的工夫就叫你心惊肉跳。如果不是他心理素质过硬，这会儿，恐怕早就崩溃了。

有句老话说，人走霉运喝口凉水都塞牙缝，在这件事情上，小裴感同身受。

那天的天气不好也不坏，小裴正在车库擦车，出警命令来了。他穿上战斗服，佩戴好装备，直接上车。还在路上，他们就通过车载电台获知现场情况：一位单亲妈妈报警，说正准备参加高考的女儿趴在四楼窗口，想要自杀。

那是一栋老式筒子楼，楼下现场早已被里三层外三层的群众包围了，人们议论纷纷，还带着些莫名其妙的兴奋。只有单亲妈妈情绪激动，她不敢吱声，用手捂住嘴，瞪着惊恐的眼睛看着四楼窗口的女儿，眼神里带着焦急和无助。

派出所民警拉了长长的警戒线，在楼下分割出很大的空地。小裴等人一下车，民警就驱散了人群，打开一条通道，他们的背影很快被人群遮挡，如合龙的水流一样，看热闹的群众很快又拥挤到一起。

指挥员下令在空地铺设救生气垫，又转过头跟单亲妈妈商量，想请开锁公司来开门。单亲妈妈终于忍不住，放声大哭，说就指望你们消防来救人，你们倒好，一推三六九。

指挥员说，大姐，我不是那个意思，我们可以索降，可以救援，但是孩子情绪不稳定，万一有个三长两短……

单亲妈妈一把抓住指挥员，撕扯开来：我不管，我不管，政府花钱养着你们，你们就得干人事儿。

这话说得在理儿，消防就该冲锋在前，这么多群众在场，关键时刻当缩头乌龟，岂不被人笑掉大牙。小裴看到有人在用手机直播，忽然就有些冲动，他跑到指挥员跟前，说我到楼顶，索降。

还未等指挥员开口，小裴就撒腿跑到楼下，顺着楼角凹凸不平的墙面，用手指抠住砖缝，蛙式攀爬。他们平常管这个叫“爬墙角”，听起来很俗气，动作却很帅，看得人们喝彩声不断，也急得指挥员一个劲儿地打手势，说大伙儿小点声儿，别吓到孩子，别吓到孩子……可是，这声音很快就被淹没了，因为小裴已经到了楼顶，固定好救生绳，非常漂亮地索降到四楼，飞扑过去，把女生揽在怀里。

索降是专业术语，说得形象一点儿，就像电影里的蜘蛛侠。

经过自媒体的传播，小裴真的成了“蜘蛛侠哥哥”，成了人们心目中的英雄。他被网友“人肉”了，很快查到他是某某消防中队的消防员，很多网友留言，呼吁给他立功。那两天，他心里美极了，好像自己真带上了奖章，跟喝醉了酒似的，晕晕乎乎。

谁都没有料到，过了几天，单亲妈妈找到中队，说是处置不当，孩子的腿受伤了，住进了医院，很有可能耽误高考。她的目的很明显，哭闹着索要医疗费，问题是那数目等同天价。小裴想不明白，跟对方吵吵起来，救了人反倒要被讹诈，这还到哪儿说理去啊。

没曾想，单亲妈妈把他们告到了法院，还歪曲了事情经过，在某知名网站发布一条长长的求助帖子。这娘俩儿摇身一变，成了被同情的对象。人们通常同情弱势群体，经过网络的再次发酵，大家开始指责甚至谩骂他们。

有段时间，小裴实在难以排解心中的郁闷，想辞职不干。但他觉得离开了消防，等于是“不打自招”，好像在告知别人，是消防救援出现失误。支队安排工作组，对出警过程做了全面科学的研判，还了他公道；双方对簿公堂，消防队也赢了官司。可单亲妈妈还是不依不饶，时不时地到中队闹一闹。

看小裴情绪低落，中队干部找他谈心，还专门举了例子，说西北某地消防出警，随队的火场文书在拍视频，被不明真相的群众无故殴打，说消防出警不干正事儿，净想着搞宣传了。

小裴默不作声，中队干部只好安慰他：时间会证明一切的。

时间？眼瞅就要到年根了，事情还是没有得到妥善解决，以至于小裴在换上“火焰蓝”的新制服时，还是闷闷不乐的。他太想为自己正名了。

一晃到了腊月底，中队迎来一个特殊的客人。

一个长相姣好的女大学生给小裴捧来一束鲜花，说是给他提前拜年。

小裴一看，说我不认识啊。

女生说，你对我有救命之恩。

小裴终于想起对方的身份，他尴尬地笑笑，不知该说些什么。

女生说，我代表我妈向您道歉，咱来个自拍，我发到网上……

小裴说，还是算了吧。

后来的结局皆大欢喜，女生说服了母亲，在网络上发了段道歉的声明。面对网友褒贬不一的评论，女生回复：我已经长大了，不会再做傻事，感谢消防员哥哥给了我第二次生命。

后来，女生又专门给小裴发了一条微信，大概意思是，不论经历多少坎坷与磨难，我们都该用平静的心态审视自己的人生。因为悲伤抑或欢喜，岁月都是最忠实的伙伴，掀开它的盖头来，所有答案不期而至。

小裴晓得其中的道理，只不过，他一时半会儿还搞不懂，所谓的坎坷与磨难究竟是指他还是那位女生。但是，他想有些细节已经不重要了，毕竟要过年了，该乐乐呵呵地过好每一天，那样的日子才有奔头。

除夕，中队的年夜饭被突如其来的警情打断，小裴没能看上央视春晚的零点报时。等他出警归来，接到了女生的语音微信。女生向他拜年，还说等毕业后会报考消防。

这条微信被兄弟们听到了，有人嬉笑着说，那女孩儿该不会是爱上你了吧？这话刚说完，小裴果真又收到一条语音，女生很大胆地表白了，说一定要把他追到手。

小裴顷刻间脸红了，他故意装糊涂，回复说，你说的对，大好的青春，我可不敢懈怠，因为岁月是最公正的家伙，它跟我们的消防车一样，会一直勇往直前。

女生瞬间发来笑脸的表情，紧接着又发来一句话：那咱就一起掀开岁月的盖头吧。

第五辑　孤寂的灯盏

父老乡亲

“讲个不该讲的”是他的口头禅，他用这句话起头，开始给我讲述故事。

那年秋上，父亲重病，他好说歹说才做通工作，把老人家从家乡山沟里接到陕西。可每天五六千的住院费让他懵了，全家人没有积蓄，自己的那点工资杯水车薪。

他不敢把真实情况告诉父亲，他怕老父亲一急眼，扯下针头，跑回湘西老家。百密一疏的是，医院预付的费用刚用完，主治医师就把催款通知送到了病床前。父亲被单据上的数字吓得目瞪口呆，说什么也要离开医院。医生义正词严地警告老人别胡闹，父亲说我这把老骨头不值得花这冤枉钱。医生笑了，笑得有些暧昧，说老伯你可真幽默，头一回听说，儿子当警官还没钱给当爹的治病。父亲被表情复杂的笑容激怒了，说你以为他是谁，还警官呢，不就是社区里的一个片儿警吗。

父亲把他叫到了病床前，劈头盖脸地把他骂了一顿。他知道，父亲是在发泄对医生那句话的不满，他是用另外一种方式提醒他光明磊落地做人。父亲还是老样子，动辄急眼骂娘。他曾经恨过父亲，小时候甚至怀疑自己是不是父亲的亲生儿子。

可是，在我面前，提到父亲的往事，他说的最多的就是“讲个不该讲的”。

对我而言，有的事儿或许真不该讲。

父亲住院前的某天凌晨。他用拳头捶打有些发胀的脑袋，从老式沙发上坐起来，借着月光赤脚走进出租屋的里屋。在逼仄的房间里，儿子侧身睡在高低床的上铺，他踮起脚尖，隐约看到儿子脸上干涸的泪痕。时断时续、时重时轻的鼾声让他心里压抑。

头天晚上，儿子跟他提了个并不过分的要求，让买辆普通的自行车。他习惯性地唠叨自己的身世，说湘西老家的吊脚楼，说每天步行十几里山路去上学。儿子仰着头盯着黑洞洞的屋顶不吱声，这个举动让他的心情糟糕透顶。

他蹑手蹑脚地离开里屋，坐在沙发上心烦意乱。该不该给儿子买自行车呢？平常社区居民家里有个头痛脑热的，自己总会带上点礼物，钱多钱少是那么个意思，可这么多年从未给儿子买过什么。儿子会恨自己吗？他找不到答案。

手机铃声猛然响起，他吓得一激灵，赶忙抓起枕边的手机，因为他向社区群众承诺手机 24 小时开机。他没想到是儿子发来的短信。儿子让他别生气，让他抽空去医院检查一下头疼的问题。

他突然意识到，儿子仰头是不想让他看到自己的泪水。他哑然失笑，因为他听到了儿子装模作样的鼾声，看来小家伙越来越像自己了，再大的委屈都不愿吭声。孩子会不会也像他小时候一样，怀疑自己不是亲生的？他依然找不到答案。

有个事儿我必须得讲。

父亲发火的那天清晨，他的妻子跑到医院，带着哭腔说，母亲失踪了。

妻子是个明白人，她知道丈夫从干片儿警的那天起，就再也不属于自己了。妻子之前听别人说过，公安这个行当白加黑、五加二，越是节假日工作越忙，但事实上完全不是那么回事儿。因为妻子发现，丈夫比想象中还要忙得多。无论酷暑严冬，深更半夜被电话叫走已经成了他的家常便饭。细算起来，除了值班和临时加班，丈夫每月在家只能睡十来个晚上，真正的把家当成了旅馆。孩子小的时候，一家人租住别人的房子，在房子中间竖块木板就隔成了两间房。受条件限制，丈夫怕影响孩子休息，会在单位办公室将就凑合。

妻子没少替他操心，片儿警虽然没有那么危险，但也要跟形形色色的人打交道。醉酒滋事的、吸毒贩毒的、入室盗窃的，急红了眼，谁都会拼命。还好，他一直都平平安安的，所管辖的社区连年零发案率。可她万万没想到的是，会因为走丢的母亲报警。

战友的母亲好比自己的母亲，在老人家可能活动的区域，所有警队都发出了寻人启事。那一天，他度秒如年。

他安顿好父亲，跟所里请了假，几乎走遍了城市的每一个角落。他很奇怪，这一天自己的手机铃声始终没有响起，往常谁家遇到个小麻烦，都会习惯性地向他求助。他哪里知道，社区里熟悉他的大爷大妈也走出小区，走街串巷地帮他寻找母亲。

傍晚时分，母亲在一个健身广场上被人发现。母亲是循着歌曲的旋律找到了那里。

说来并不复杂。母亲知道他难，一大早就从家里出发，挨个儿垃圾桶里找瓶瓶罐罐，老人想用这些东西换钱来贴补家用。一路走下去，老人就找不到回家的路了，她只记得广场上的音乐就是儿子的手机铃声。

刚刚找到母亲，他又接到了医院的电话，说父亲偷偷离开了医院。他顿时觉得天都塌了。这天夜里，人们又开始帮他寻找父亲。跟之前不同的是，他的手机铃声不断，好多社区群众打来电话，说是要筹钱给他父亲治病。从未流泪的他，发现泪水早已从眼角流到了嘴角。某一瞬间，他忽然想放声歌唱，要唱就唱手机铃声设置的那首歌。嗯，就是那首脍炙人口的《父老乡亲》。

说到这里，我也讲个不该讲的。他只是个片儿警，他的名字并不重要，因为在我的眼里，他一直是个片儿警，他就那么平凡而又真实地生活在我们身边。

醋香绵长

老唐

据说，路边这棵银杏树已经300多岁了。风吹过，无数叶子像孩童顽皮的笑脸，刚凑到一起，又四散开来捉迷藏去了。刚记事那会儿，老唐就在树下捉过迷藏，奀娃儿小的时候，他抱着孩子讲故事，讲三国、讲状元、讲红军长征。

这里是阆中古城，好多故事在人们心里很有力量。老唐最大的愿望是让奀娃儿像三国里的人物一样，再或者念大学、当兵。总之，能给家族争脸就行。

老唐此时坐在树下的一张旧藤椅上，时不时地向村口张望，好像在等待着什么。过去，他每天早晨都会把奀娃儿从屋里抱出来，只要不是刮风下雨，他会在那里坐上一整天，用空洞的目光注视着远方。老唐和藤椅几乎成了村子的标志。

一年多了，老唐第一次像往常一样坐在了藤椅上。确切地说，他是把整个身子都窝在了藤椅上，自打受伤变成残疾之后，他整个人都缩了水，变得更加瘦小了。可奀娃儿比他还要瘦弱，弱不禁风的样子叫人心疼，就那么一副身板竟然能入室抢劫，还杀了人。

这个消息是官军带来的，那个警察把奀娃儿抓了。如果当时自己好胳膊好腿，非冲上去抽他两嘴巴子不可。谁让自己不争气呢，残疾人一个，婆娘又瘫痪在床，但凡有一点本事，奀娃儿也不会辍学，更不会外出打工，那后边的所有事儿都不可能发生。

幺娃

幺娃把醋全部装好，又冲屋外看了一眼，他跟爸爸一样，也在等着官军。但他比爸爸还要焦急，因为瓶里装的醋是他亲手做的。

保宁醋是阆中的特产，好多人家都会做，在爸爸身子骨还好的时候，自家酿的醋也是远近闻名。那时候，家境殷实，他和哥哥奀娃儿一起上学，一起写作业，根本不知道“愁”字怎么写。爸妈一倒下，家就塌了，哥哥成绩很好，却离开了学校，外出打工供自己上学，谁能想到会发生那样的事情，那可是要掉脑袋的啊。

幺娃曾经跟爸爸一样恨官军，在爸爸指挥他酿醋的时候，他还想偷偷往里面加点什么。那时刚放寒假，爸爸让他去城南的嘉陵江提水，再买些五味子、杜仲、肉桂、当归之类的东西。幺娃以为爸爸要为自己或者母亲煎中药，心里欢喜极了。可他没想到的是，爸爸是要给官军酿醋，那家伙把哥哥亲手抓走，那可是仇人啊。爸爸真的变了，变得让他不认识了。

发酵、晒胚、淋醋，好多个环节，幺娃都可以做点手脚，但爸爸就在身旁，目不转睛地盯着他。

现在他想好了，不管爸爸出于什么目的，也得想法子，决不能便宜了那家伙。

官军

接到电话，官军就安排了工作往老唐家里赶。车轮转个不停，他的思绪也转个不停。

当警察25年了，官军跟形形色色的犯罪嫌疑人打过交道，每“捏”住一个，他都会有点兴奋，把危害社会的坏人绳之以法，是他最开心的事情。有人私底下议论，说他抓人不叫抓人，非要喊“捏”，还要把大拇指、食指和中指拢到一块，比画一下。官军笑而不语，他是想用这个字，还有自己的动作，告诉队里的战友，对违法分子而言，你强他就弱，必须把每次侦查、抓捕变得轻松一点。

可事实并非如此。有一次，他和战友一起去中江执行抓捕任务，犯罪嫌疑人住在乡下，好不容易“捏”到了手里，街坊邻居围了过来。为了防止嫌疑人逃跑，他把自己跟嫌疑人拷在了一起，村民们急了，雨点般的拳头劈头盖脸地落下来，他不能还口更不能还手。有人拦腰抱住了他，还有人卡住了他的脖子，他手里的枪成了摆设，他怕误伤无辜的村民。醒来的时候，他躺在病床上，守护在一旁的局领导张嘴就“骂”，官军，你小子总算是睁开眼了。

但奀娃儿跟所有坏蛋都不一样，他羸弱的样子叫人怀疑抓错了人。如果奀娃儿跟同龄人一样生活在一个幸福的家庭，一切都可以避免，如果……可是这世上没有如果。

房东的钱丢了，怀疑是奀娃儿偷的，奀娃儿本来就内向，说急了，就支支吾吾地发誓，说再穷也不会当三只手。房东根本不信，直接找到了他打工的单位闹了一场。奀娃儿工作丢了，收拾行李的时候，越想心里越憋屈，他找房东理论，又受了一番嘲弄。后面的事情就是悲剧了，最可悲的是，那1000多块钱尕娃儿不认为是抢来的，反正自己被当成了小偷，就把钱拿走。

真不该啊，想到这些，官军踩了一脚油门，他巴不得飞到那个一贫如洗的家，他更担心老唐的小儿子重蹈覆辙。

我

我身上已经伤痕累累，我承认我已经很老了，但我并不糊涂，老唐家里发生的一切，我都心知肚明。

我看到了车子，老唐挣扎着想站起来。官军下车了，老唐让幺娃把醋提出来，我明显感觉他很不情愿，准保得出事儿。我预想的没错，幺娃把瓶子摔到了地上，醋洒了一地，都淌到了我的脚下。

这小子又犯驴脾气了。你哪里知道，如果没有这个警察，你们一家人根本吃不上低保，你也早就回家种地了。我很想把知道的事情告诉他，但我说不出话。

老唐把我想说的话全说了。

不过，我现在对官军这个警察很有意见，他让我丢掉了工作，也让老房子光荣下岗了。他找了村干部，把村里的一套好房子给了老唐。还有，他带来的轮椅闪着耀眼的光泽，确实比我帅气。

我现在顾不上发牢骚了，因为我闻到了醋的味道，醋香绵长，浓情醉人。

对，你猜得没错，我是那张旧藤椅。

沙棘红了

月亮挂在半空，群星眨着眼，注视着广袤的山野。白建文把脸转向窗外，派出所对面是一片枣林，树上的大枣探头探脑，调皮地冲他招手。

大枣丰收了，却堆成小山一样烂在地里，败坏了农民的情绪。辖区的村里总会为此出点儿事，问题不大，却叫人闹心。

今天上午，西卫村的张老汉跟外地人发生纠纷。白建文想，准是因为收购大枣产生了矛盾。可一到现场，他发现自己又想当然了。外地人一副书生模样，鼻梁上的眼镜片已经碎了，估计发生了肢体冲突。他再看张老汉，也很怪异，老人家手里提着个马灯，天知道他们闹了什么别扭。

事情的起因让白建文哭笑不得。

外地人是省城来的记者，刚遇见张老汉那会儿，两个人颇为投缘，可一句话让他俩成了“仇人”。

记者情不自禁地背诵了毛主席的《沁园春·雪》，张老汉拍手叫好，说这首词就是在自家炕头写的。记者说不可能。记者认为是在陕西境内写的，他的理由是，1936 年 2 月 17 日，毛主席签发了东征宣言，2 月 20

日，才下达渡河命令，当天晚上 8 点，红军从北起绥德的沟口、南到清涧县的河口百余里的渡口，同时发起进攻。渡河之后，红军撵着阎锡山的部队，追到石楼。就算是当天住在了石楼，那一天是二十四节气里的雨水，到月底满打满算只有 9 天。

张老汉认死理儿，别说 9 天，就是半天工夫，毛主席也能办好多事。张老汉说，当年毛主席就住在俺家的窑洞，他用过的马灯就提在俺手上呢。记者说别跑题，咱论的是“数风流人物”在哪儿写的。张老汉两眼瞪得像铜铃，就在俺家炕头写的，毛主席的夫人贺子珍，天天陪俺娘聊天、帮俺娘干活，还送给俺哥一个红花格的铁盒，给俺姐送了个绣花缎手绢。托毛主席的福啊，这新社会让俺姑娘、儿子都上了大学，现如今都毕业了，在城里安了家。记者较真，说这些都算不上证据，必须尊重客观事实。两个人不在一个频道上，不闹出点儿动静，就真成笑话了。

白建文帮忙调解，但两人谁也不听劝。他干脆拿起电话，向温瑞瑞求救。温瑞瑞是他的爱人，在中学里教历史课，对本专业的事号称“问不倒”。可人家一接电话就急了，说他狗咬耗子瞎操心。白建文说我这出警碰到个小难题。对方说，你的难题你解决，咱家的难题谁解决？咱爸咱妈都那么大年纪了，你照顾过他们吗？咱孩子从出生到现在，你干过什么？成天不着家，好意思工作遇上难题往家里打电话？爱人发完牢骚就挂断了电话。电话里的声音挺大，张老汉和记者全都听到了，把白建文弄了个大红脸。

张老汉问，是你老婆吧？白建文说，是啊。记者说，嫂子姓温，人一点儿都不温柔啊。白建文笑笑，说家家有本难念的经，我这当警察的……得，他的一声长叹，让面前的两个人都不好意思了，他们握手言和，记者还管张老汉认了干爹。

事已至此，皆大欢喜。可那天，白建文正准备回派出所，爱人的电话又来了，这次电话那头的声调更高。爱人让他下午请假，带孩子看病去。一听说孩子生病，张老汉就问了好些个问题。他回答得心不在焉，因为爱人在电话那边还是不依不饶。

温瑞瑞算了笔账，白建文的工资看起来比在其他党政机关工作的同学要多那么几百元钱，可人家上班时间就 8 小时，你白建文可是“白加黑、五加二”，就按小时算，那点工资还不够打发叫花子。白建文没法跟爱人争，这种时候，保持沉默是最好的办法。不这样又能如何，一个历史老师开始研究算术了，肯定是憋了一肚子气。

白建文觉得自己还算是幸福的，在家门口当警察，好歹能照顾一下家人。局里从上到下有 20 多口子人两地分居，尤其是同一批入警的张来宝。

上周五，张来宝好不容易回趟家，直接去了女儿的幼儿园，老师觉得他是坏人，报了警。也不怪老师，那天张来宝刚办完一起案子，连衣服都没换就往家赶，不修边幅的样子，加上左胳膊上有一块很大的疤痕，难免叫人误会。

那块疤痕是烫伤，是前几年被犯罪嫌疑人一瓢滚烫的开水泼的。但直到张来宝被当成了“坏人”，白建文才知道，张来宝的孩子得了毛细血管瘤的病。他一直瞒着单位的同事，光去北京的医院检查，就花了七八万元的医疗费，两口子的工资加起来，也不够给孩子看病的花销。

白建文回到所里，眨眼忙活了一整天。傍晚时分，张老汉来了，还没等他打招呼，放下一袋子沙棘就走了。把白建文搞得云里雾里的。直到刚才，记者来电话，他才明白了个大概。

记者要来采访他，题目就叫“数风流人物”，说这是干爹的主意。干爹说，当年乡亲们争着抢着支援红军，因为红军亲，是咱老百姓的主心骨儿，小白这些当警察的，跟自家儿女一样亲。记者又问，干爹给你的沙棘收到了吗？他说你闺女不爱吃饭、难消化，那东西好使……白建文心里五味杂陈。沙棘是一种带刺的灌木，都长在山沟沟里，摘这些野果，得遭多大的罪啊，改天得把钱送过去。

想到这里，白建文给张来宝打电话，想把沙棘送给他，因为他有严重的胃病。张来宝说在忙案子，分分钟挂了电话。

白建文瞅了一眼办公桌。灯光下，桌子上的那袋沙棘越发红了，它们一个个闪着橙红色的光泽，笑了。

“黄马褂”逸事

席长胜

都说人老了就思念故土，这话一点儿不假。我现在就在阆中寻根。

从甘肃兰州一到阆中，我就被老家的山水给迷住了。但没多久，好心情全丢光了。老家在白塔公社席家大院，发展得太快，早就消失得没影了，曾经的草房子变成了一片高楼。

我到派出所求助，他答应得很干脆。虽然没抱多大念想，我还是希望能找到老家的亲人，可是，老家亲戚我连名字都不知道，跟大海捞针一样。得，死马当成活马医吧。我这个人爱钻牛角尖，都说无利不起早，如果他能真心帮我，我就不用住旅馆干等了，把省下的住宿钱给他，他肯定会上心，找不到也没关系，最起码我不后悔。他死活不收，说有纪律，我心里嘀咕，他最好能收下钱，我也会踏实，没办法，现在的风气就这样，我肯定会受影响。

他说，收钱办事，在他那里没这个规矩。那他是什么规矩？我没问。

你别说，才一天的工夫，他联系到我的表侄子。我当时情绪特别激动，眼泪都掉出来了，我那是高兴。嗐，光顾得兴奋了，就忘了问他是怎么找到的，非常遗憾。不过，现在我知道了，他有关系，街坊邻居跟他亲得像一家人似的，有事都会帮他。

李玉衡

你得大点声儿，我耳聋眼花，脑血栓后遗症。你瞧瞧，都一把老骨头了，成了拖累。他不嫌弃我，一点儿都不。

我现在口齿不清，你将就着点听。我今年 80 多岁喽，就算没病，身子骨也不中用了，现在气色好多了，多亏了他，我这才没偏瘫。刚得病那会儿，我心里难受，这都做得什么孽啊，还不如出门让车撞了，好歹给儿女赚点赔偿。有一阵子，我撑不下去，他说我不像是志愿军，枪林弹雨都过来了，这点事儿算什么。对，我参加过抗美援朝，他说的也确实在理儿。

你问他的情况，还是去找周画家吧。我身体好的时候，给他讲过很多。

老周

李老让你来的？找我可是找对人了。

他 37 岁才改行，之前是凉水乡党委副书记。

刚来的时候，他没少挨骂。因为他非要让人改掉过去的老传统，肯定不受人待见。

这里冬天没暖气，阴冷，靠暖炉取暖。就是用竹子编个小箩筐，里边放一个瓦罐，点上柴火，塞进被窝里。祖辈留下的，怎么到他这就不行了呢？

他挨家挨户去讲道理，没人听。农村人喜欢打麻将、喝闲酒，败了人家的兴致，有醉汉把他十八辈祖宗都骂了，恨不得放狗咬。他回去一合计，在乡广播站开办了消防广播讲座。还不落好。谁都不愿听他瞎吵吵，你再有本事也比不上单田芳。

他挺犟，靠以前在乡政府工作积累的人脉，找到各村的干部帮忙。村干部一出马，妥了，乡下人就这样，卤水点豆腐，一物降一物。

有的事村干部也不理解。过年要放火炮、打秋千，还要演川戏，川戏要变脸，还喷火，他觉得这样危险，就找村干部商量对策。刚张嘴，人家拔腿就走，啥都不让搞，这年还过得有啥意思？这话被添油加醋地传开了，那么多人，一人一口唾沫星子都能淹死人。他急得胃病都犯了，压根就不是大家想的那样，再怎么着也不能把民俗给丢了啊。

他的想法很简单，已经有广播宣传消防常识了，再组建个义务消防队，就能解决根本问题。毕竟消防队在市里，蜀道难，消防车七扭八拐赶到这里，黄花菜都凉了。人手好办，有现成的联防队员，无非是村干部点个头，找消防队的帮忙培训一下。光有人不行，还得有水源，思来想去，他决定利用农村的水井，配上抽水机，抗旱时还能浇地，一举两得。

他这个人办实事，大伙儿很快消除了原先对他的误会。再后来，他被传得神乎其神，还说他身披“黄马褂”，所有灾难见了他都得绕道走。我看没那么玄乎，他就是用心，喜欢钻研，爱动脑子。

还有啊，他对谁都特别好，对我这个外来户更是照顾。你看，我两条腿残疾，出趟门也不方便，他每次到村里，都给我捎东西带药。让你来找我的李老，他不但送钱送物，家务事全包了。我给他送过烟酒糖茶，都被拒绝了，我只能为他画一幅穿警服的肖像，就挂在他办公室。

宝贝

我是他的宝贝，但他没有你想得那么浪漫。

我没法跟你聊天，这是跟你交流唯一的不便。你只需要看着我，就能知道一些事情。

“黄马褂”是有来历的，他进京受过中央领导人的接见，搁到过去，会特赐有功之臣“黄马褂”。他的功劳大了去了，别的不说，就说消防吧，20 多年了，石滩、二龙、文城，他工作的地方，从没着过火。当然了，我知道的也只是近两年的事儿，我也不是他唯一的宝贝，在我之前，他还有好多宝贝。

他不是喜新厌旧，他很珍惜我们，偶尔也会跟我们发发牢骚，比如“黄马褂”这个称呼，他就很不喜欢，可是人们乐意这么喊，他也没办法。他更喜欢大家叫他“老黄牛”，牛是庄户人家的朋友，中听。

我也有一个心愿，我想劝他注意身体，都 60 多岁了，返聘回派出所当个普通民警，没必要那么拼。名也有了，又挣不到几个钱，何苦呢？可是，我不会说话，我只是他的一个记事本。还好，他会把心里话都告诉我。

对了，我身上有他的名字——安天坤。

“新兵”老邢

转业好多年了，老邢依然说自己是个新兵，即便有人笑话他老黄瓜刷绿漆，他也不会气恼。

又赶上战友聚会了，老邢他们跟在部队时一样，饭前一起吼歌，老作风还在。但老邢却中途退场。

老邢时常想，不管干的是哪一行，把自己当成新兵没啥错，真要丢了这老传统，浑身都会不自在。

老邢跟辖区大多数群众是好朋友，极个别的人也有，他现在要去见的刘大嫂，就把他当成了仇人。

刘大嫂的儿子在外打工，她每天骑电动三轮车接送一对孙子上下学。农用车一直是交通安全隐患，所里正集中力量进行治理，刘大嫂撞在了“枪口”上，车子无牌无证，被扣了。刘大嫂急眼了，对她这个岁数的人来说，没收了车等于折了一条腿。她到派出所要车，接待的年轻民警没经验，几句话不在点子上，双方就戗上了。民警说，你违规了就别在这撒泼，回去准备好罚款再来。刘大嫂逮住了话柄，说行啊，说我撒泼，我就是农村妇女，大字不识一个，要钱没有，要命一条。听到争吵，老邢出来打圆场，情急之下把民警批评了一顿，说要学会当新兵，对待工作不能马虎。

年轻民警有点不服气，在私底下说，老邢真是犯了魔怔，天天新兵长新兵短的，干脆回你的部队去。

实话说，这兵老邢还真没当够，转业那会儿，就是觉得公安准军事化，而且也是穿制服的，才放弃了财政、税务之类在别人眼里炙手可热的岗位。刚进公安的时候，领导觉得他在部队一直干后勤，让他去机关办公室，算是专业对口。老邢琢磨了半晌，又去找领导，要求去江南派出所，干一个普通的警察，那可是最忙的派出所，民爆、交通、消防等，全都是出力不讨好的活儿。领导愣了一会儿，让他再回去好好想想，他说不用想，这事就这么定了。事情传出去，有人笑他傻，还有人说他想出风头，老邢听后只是笑笑，嘴长在别人身上，爱怎么说就怎么说，自己就是一个新兵，新兵就该有股傻劲儿，新兵就该扛红旗，甚至“出风头”。

也就是从那个时候开始，老邢把自己当成了新兵，说来也怪，在部队里大小也是个营职干部，干吗要跟自己过不去呢。可他就是认死理儿，他觉得只要像新兵一样单纯、肯干，就没有干不好的工作。

这可不是老邢在唱高调，每回遇到事，他都是第一个冲上去。

2008 年那场地震，正赶上老邢得阑尾炎，他在诊所里拔下针头，就赶往辖区。妻子陈莉急得一个劲儿打电话，埋怨他干工作不要命。他说这个节骨眼我不上，那等于逃兵，战争年代是要拉出来枪毙的。妻子心疼，还是跟他唠叨，老邢不耐烦，干脆挂掉了电话。后来，他跟妻子说，在都江堰、在映秀，人家新兵都知道往里冲，我一个老兵敢情还不如个新兵。妻子哭笑不得，自家男人三句话离不开“新兵”这两个字。

也多亏了妻子，老邢很少有后顾之忧。儿子上学、高考，自己啥都没管；女儿是个小“吃货”，买点零食就糊弄了。说归说，自己的一双儿女都照顾不上，家里人都很难理解，更何况人家一个普通群众。想到这里，老邢越发体会到刘大嫂的难处，他让出租车司机加快速度，恨不得马上飞回单位。

刘大嫂正在接待室闹情绪。

接待室是新设的，老邢当所长以后要来资金，把20世纪90年代的旧楼房翻新了。焕然一新的办公楼为他赢得了不少赞誉。为新楼磨破嘴皮子跑断了腿，到他这里轻描淡写全都忽略不计了。对了，他当时还说了一句话，新楼新气象，作为新兵，要学的东西还多着呢。

还真是这么回事儿，基层派出所每天都会遇到新问题，即便有三头六臂也难以应付。眼前的刘大嫂就是例子。

刘大嫂这次做得更绝，她打电话报警，说自己的车没了，让警察帮忙接孙子。处警的同事说这是报假警，浪费警力资源。刘大嫂说事情办不好就吃住在派出所，还得赔偿她的损失。老邢一出现，刘大嫂的嗓门就更高了，“有理不在声高”这句话在她这里根本行不通。

刘大嫂再急，老邢都得赔着笑脸，他心里合计着怎么处理好这件事情。要命的是，人家不买账，油盐不进。所里的同事们都竖起耳朵，想知道老邢会使什么招儿，让他们意外的是，吵吵了一阵之后，刘大嫂不吱声了，过了一会儿，竟笑盈盈地出了接待室。

最好奇的人是之前跟刘大嫂发生争执的那个年轻民警，他跟在老邢后面一个劲儿地问。老邢嘿嘿一笑，把手里的文件夹搁在他的桌子上，他急着到门外发微信。

老战友们在微信群里催得猴急，说他不回去聚会不结束。也有人说不来也行，得把中途离席的理由解释清楚。老邢在群里一说，立刻招来不少骂声，说多大点事儿啊，还比不上老战友重要。老邢回了句“辖区的事儿没大小”，这是他的真心话。很少在群里露面的老连长猛地冒出一句“事情怎么处理的？”，老邢说，辖区的情况早就门儿清了，刘大嫂的儿子是退伍兵，工作好做。

好说歹说得到众人谅解，老邢才重新回屋。那个年轻民警还在研究文件夹里的问询笔录。他跟老邢说，这里边没什么门道啊，只有你这名字邢永建，是划掉“新兵”两个字又写上的。看吧，“新兵”老邢连签名都习惯成自然了。

老邢给对方回了句话，说干工作门道多着呢，要像新兵一样勤奋好学。不过，他这会儿还真高兴不起来，他在想，假如刘大嫂的儿子不是退伍兵，又该咋办呢？

大河湾

一

老牛头住在半山腰，有一亩多农田在黄河边上。黄河在那里拐了弯儿，现在被人称作“天下第一湾”。

老牛头已经八十挂零了，但他最烦别人说他老。耳聪目明，干起农活比年轻人还带劲，怎么就老了呢？想当年，红军在这儿的时候，自己是远近闻名的积极分子。可现在的年轻人，全都进城打工，把庄稼地给荒了，罪过。这也不要紧，问题是，一年半载才回来一趟，还要跟自己打官司。

这是去年的事了。邻居从城里回来秋收，把自己的两垄玉米也给收了，老牛头一看就急了，这比阎锡山手下的喽啰还可恨，明着抢。没曾想，人家也不是省油的灯，说哪穗玉米上写着你的名字啊。老牛头抡起锄头就朝对方脑袋上砸过去，如果不是那家伙躲得及时，脑瓜兴许就开瓢了。

事儿闹到了派出所，副所长马文军来回跑了好几趟，出方案帮忙协调，老牛头都不满意。自家的地长和宽各多少步，当年的土地承包证上写得清清楚楚。可气的是，对方把儿子从城里喊回家，那娃娃一米八几的个头，迈一步顶他一步半。老牛头可不肯吃这哑巴亏，分地的时候，生产队长的身高也就刚够一米七，这么丈量土地，明摆着是欺负人。

老牛头火冒三丈，冲派出所的人撒气，说红军东征的时候，自己没少给红军出力，到了这把年纪了，还要受欺负。也该着要出事，跟马文军一块儿来的辅警多了句嘴，说你可真是老糊涂了，你今年才 80 多岁，红军东征是 1936 年，那时候你还光着屁股呢……话说了半截，就被马文军用眼神制止了。

真是没天理啊。乳臭未干的后生敢说我老糊涂，堂堂副所长不讲公道话，还给手下使眼神儿。老牛头认定派出所的人有猫腻，有意偏袒对方。他低下头，朝着辅警身上撞过去，辅警一躲，他摔了个大跟头。

有好事儿的邻居出主意，让他躺在炕上装病。他说，我老牛头明人不做暗事，不干那种见不得人的勾当。说是那么说的，虽然土地纠纷的问题解决了，但打那以后，他就开始盯着派出所的人。

二

老牛头脾气很拗，认准了的事一百头牛都拉不回来。这一年多来，他就是想找到派出所的毛病，当然，他盯得最紧的是马文军。

说实话，在那之前，老牛头对马文军或者说整个派出所的人印象都不错。平日里，街坊邻居有事没事都会给派出所打电话，让他们帮忙捎东西，大到一台电视，小到半斤红糖。托他们办事，乡亲们放心。

过去，老牛头也让他们帮忙，但结下了冤仇，他就不再拿正眼看他们了。有时他会觉得那些村民没骨气，自己能办的事情干吗要指望别人？他从电视上看到了，这两年抓了好多占公家便宜的人。他认定马文军也会犯错误，也会出事。

还别说，前些天马文军真的出事了。

有天夜里，马文军抓了个带毒品的人，连夜赶到县城给毒品做鉴定，路上，遇到了车祸，马文军赔了对方15万元。老牛头说，活该，丧良心的事干多了，自然会遭到报应。

说实话，老牛头这会儿不再跟马文军怄气了，而且准备去给人家道歉。这是刚做的决定。

因为上午对面山上冒起了浓烟，老牛头以为是加油站着火了，抓起水桶就往那儿赶。他是个热心肠，看到谁家里有个灾难，都会伸出手帮一把。赶到现场时，马文军早就在那里了，是一辆大货车的车头着火了。火已经被马文军和辅警灭得差不多了，他干脆把水桶往地上一撂，蹲在不远处看热闹。

手机响了好几次，马文军都没接电话，直到火全被灭了，他才躲在一边打电话。电话那头的人火气可真大啊，老牛头都能听到个大概——

咱这日子没法过了，说好了今天你送老人去看病，你说你啊，两个老人一个脑梗，一个瘫痪，我拉扯着两个孩子，容易吗？你别不吱声，我嫁给你就没过上一天好日子，老人看病欠了一屁股债，你又出个车祸，赔人家那么多，咱猴年马月才能还上！别人家的孩子吃香的喝辣的，咱那两个孩子跟着遭了多少罪？！我告诉你马文军，别成天家忙啊忙，这地球离了谁都能转……

这让老牛头羞愧难当，或许自己真的是老糊涂了，他觉得山上的草木都在说悄悄话，埋怨他不懂事理。当时抹不开面子，现在他终于定下决心，去派出所找马文军。

他冲不远处的黄河吼了一嗓子，哼着信天游往派出所走，声音几乎要盖过隆隆的水声。他寻思着，再过两天，重孙子就要过满月了，得请马文军来喝喜酒。街坊邻居们谁家有红白喜事，都会请派出所的人去一趟，那样显得有面子。不过，得事先跟马文军说好，到我家炕头喝喜酒，可不许包红包，每次到村民家喝喜酒都是100块钱的礼钱，一年下来也是一笔不小的开销。

老牛头猛然觉得自己特别傻，有意思的是，马文军他们比自己还要傻。

三

老牛头赶到派出所时，马文军不在。

看来，满肚子的话今天说不出去，那就在重孙子满月酒的宴席上说。他要让乡亲们都知道，老牛头不是老糊涂。他不但要给马文军道歉，还会告诉所有人，红军东征那会儿没自己什么事儿，只是觉得红军好，过去说的那些都是根据老人们讲的故事编的。现在好了，不用再编故事了，派出所的人跟红军一样亲。

老牛头咧开嘴笑了，他把头扭向山底下的那块农田。黄河从那里拐了个弯儿，那些陈芝麻烂谷子的事儿也跟着拐了个弯儿，一眨眼就不见了。

孤寂的灯盏

一直到丛丛在视野里消失，杨茜还怔怔地站在那里，半天没回过神儿来。

丛丛是她和寇巍的儿子，长得虎头虎脑，很招人喜欢。算起来，孩子长这么大，她从没舍得动一指头，今天这是怎么了？居然打了他。小家伙也是，咬着牙，憋出一眼窝子泪水，愣是不吭声。哪怕讨个饶也好啊，真是有其父必有其子，跟他爸爸一个德行。

杨茜忽然意识到，自己下手有点狠了，多大点事儿啊，那么大的男孩就该调皮，喜欢舞枪弄棒是再正常不过了。嗐，不就是在小区花园里跟别的孩子玩枪战吗？干吗要跟一个四岁的孩子一般见识。她有些懊恼地上楼，开门，进房间，连拖鞋都没换，就把身子斜靠在沙发上，跟自己生闷气。

不知不觉天就黑了，杨茜慢腾腾地起身，先把客厅的灯打开，又到卧室、厨房、洗手间，把顶灯、壁灯、台灯都打开，连梳妆台上方的镜灯都亮了，她的心里才踏实起来。这是她的习惯，一个人在家的时候，屋里的光线会让自己变得有底气。虽说没做过什么亏心事，但屋里黑咕隆咚的，心里就是不熨帖。

同事们都羡慕她找了个警察当老公，说“警察”这两个字听起来都带劲，最起码家里人不会受欺负。刚结婚那会儿，杨茜把这话原原本本地学给寇巍听，那家伙眨巴眨巴眼，说公安局又不是给咱家开的，还指望这身警服给自家当保护伞啊。那时候，她觉得丈夫的眼神很迷人，说什么都是真理。

现在，再有同事说这话，杨茜只是笑而不语。家家有本难念的经，谁羡慕的话也找个警察嫁了吧，看能潇洒几天。别的不提，就拿儿子出生来说吧，寇巍在外地办案，见不到人影不说，还得为他牵肠挂肚。孩子出生这几年，也多亏有婆婆帮衬，否则真不知这日子怎么熬。

杨茜觉得特别愧对婆婆，自己是干教师的，挺体面的工作，忙起来却也是团团转，家里大大小小的事儿，包括照看儿子，全都是老人一手操持。好不容易赶上暑假，跟儿子在一起，又觉得婆婆的教育方式不对路，太宠溺孩子了，他想玩枪就玩枪，还说什么喜欢黑猫警长，长大也跟爸爸一样。那怎么能行？家里边有一个干警察的就够难受了，再来一个当警察的，还不得要了命。她从不认为自己不支持丈夫的工作，有些事情搁在谁身上都会不自在。

前几年，丈夫在治安大队，还时不时地被市公安局抽调到专案组，个把月不回家成了家常便饭。去年工作调整，到了禁毒大队，真把杨茜吓得够呛。现如今的影视剧拍得惊心动魄，毒贩子都是杀人不眨眼。她让丈夫找领导调换个工作岗位，他嘴上答应得爽快，实际上根本就没当回事儿，反过头来还劝她，说阆中这几年治安好，让她把心搁到肚子里。这倒真是句实话。

一想起这个，本已心平气和的杨茜又火了，她觉得满屋子的灯光特别扎眼，身上也跟着刺刺挠挠的。她索性站起来，又挨个儿房间把灯关上，面积不大的客厅倏地暗了下来，让她感觉更加压抑。局促的空间让黑暗变得稠密而生硬，也让空气变得异常闷热，隐约中似乎带着几丝怨尤的气息。

新岗位虽然没有先前想象的那么危险，却让杨茜更捏了把汗。吸毒人员一旦犯了毒瘾，根本不受思维控制，遇到警察的反应千奇百怪。有一次，吸毒人员先是冲着警察跳舞，又拿起刀往自己肚子上捅，要自杀，丈夫一步冲过去，用手挡住刀，又把刀夺了下来，差一点把手上的筋给割断。这事丈夫绝对不会说，是她听另一位警嫂讲的，她们同病相怜，经常凑到一块发牢骚。

杨茜最受不了的是，自从丈夫干了禁毒警察，亲戚朋友被得罪了个遍。阆中是县级市，统共就巴掌大的地方，大家扯来扯去沾亲带故，丈夫查一起案子，就会有人来说情。

就说今天吧，叔叔找到了家里，说是顶头上司的儿子被寇巍抓了，就那么一根独苗。他让侄女婿帮忙想想法子，杨茜知道自家男人的脾气，替丈夫说了一箩筐的好话，叔叔就是不听，末了撂下一句话，这事不办，往后就别认这门亲戚。

杨茜忽然找到了冲儿子发脾气的原因，叔叔发火让她情绪失控，她猛然发现身上已经被汗水湿透了。她摸黑去了洗手间，打开镜灯，用自来水洗了把脸，望着镜子里有些憔悴的面孔，心里一下子没着没落的。镜灯——警灯，她跟往常一样开始惦记还在加班的丈夫，他没出警吧？他吃饭了吗？

她跑回客厅，从茶几上拿起手机，刚输入那串熟悉的手机号码，又删除了，她怕打扰丈夫的工作。她觉得此时最该做的是烧两个菜，哪怕搁在那里，放凉了也好。还有，得把客厅的灯打开，给丈夫留着。杨茜意识到，要把所有灯打开的老习惯竟然改了，毫无征兆。

忙活完饭菜，杨茜又找来一张纸，在上面写了一行字：“老公，叔叔来说情，被我劝回去了。”然后，心满意足地躺在了沙发上。

凌晨时分，杨茜醒了，她发现灯还亮着，饭菜未动，空调打开了，自己身上盖着一条毛巾被。她还看到字条上多了一行字：“我回来拿了几件换洗衣服，要到外地办案，你照顾好自己，这么热的天连空调都不开！”硕大的“！”特别醒目，让她睡意全无。她从沙发上爬起来，走到窗前，窗外夜色正浓，只有自家的灯依然亮着，孤零零的，在寂寥的夜里显得特别寂寞。

杨茜心想，干脆让灯就这么亮着吧，她合计着，天一亮就去叔叔家。

细水长流

“吃新在下午，鼓声多洪亮，响天摇地动……”在隆隆的鼓点中，歌声在耳际荡漾开来，一同飘来的，还有悠扬悦耳的芦笙演奏和粗犷低沉的牛角号声。这些旋律再熟悉不过了，只要一响起，就意味着一年一度的吃新节又到了。这个节日又叫马郎节，虽然没有确定的日期，但却异常隆重。

杨启明非常了解这个节日的特殊性，因为这是苗族青年谈情说爱的节日。而且，相比往年，今年的吃新节，他格外在意。

他现在要去见一个姓陆的小伙子。小陆虽然才刚满 19 岁，但按照这里的习俗，已经到了可以向心仪的姑娘求爱的年龄了。小陆常年在外打工，即使只是单纯地回来一趟，杨启明也会跟他见上一面，更何况这次有着特殊意义。

杨启明寻思，小家伙的个头该高过自己一个脑袋了吧。“小家伙”是他对小陆的昵称，但在十几年前，小家伙可是个闯祸鬼。

在 3 岁那年，小家伙的父母双亡，他不得不跟着叔叔过日子。因为不是自己的亲儿子，叔叔对他打不得骂不得，时间长了，让孩子养成了小偷小摸的习惯，而且谁都管不了。杨启明知道以后，把小家伙接到了所里。那时候，杨启明争取了上级支持，组织成立了一个5人的义务消防队，他让小家伙跟队员住在一块，自己亲自下厨给他做吃的。

都说寡妇门前是非多，没曾想，“单身汉”也能招来是非。

因为一点小事儿，蒋大嫂跟小家伙的叔叔闹起了矛盾，过去这种事情一般会找鼓藏头处理，杨启明的威信树起来之后，乡亲们自然而然地让他出面。别小瞧这些鸡毛蒜皮的小事，很考验一个人的协调能力，但那次，他把嘴皮子磨破了，蒋大嫂也不满意。蒋大嫂心里憋屈，认为杨启明有意偏袒陆家，还专门分析了原因，说他重男轻女，讨好陆家是想收养那个没爹没娘的孩子。本来只是她一气之下的胡言乱语，说出去，就被一张张兴奋的嘴巴传递成了精彩的“故事”，有的人还分析了他的情况，说他成天不回家，说明夫妻关系不和，对女儿不满意。哪有当爹的不想孩子的，这里面肯定有问题。听到传言，杨启明哭笑不得，百口难辩。还好，是非曲直自有公断，风言风语很快销声匿迹。

这些都只是生活中的小插曲，虽然不怎么敞亮，但或多或少地证明了一个事实，苗寨的人们心齐。那年，也是在吃新节前后，县公安局领导考虑杨启明长期在边远地区条件艰苦的派出所工作，无法照顾家人，决定将他调到治安大队担任大队长职务，也不知谁走漏了风声，几个寨子里的乡亲们“串通”起来，由蒋大嫂带头，集体“闹”到了镇政府和县公安局，强烈反对把他调走。面对乡亲们的信任，他主动说服上级收回了任命决定。

“联名上访”的事情发生了两次，杨启明最终还是顺从了民意，留在了雷山县西江派出所，一晃，竟然干了整整30年。

杨启明走得不紧不慢，时不时地有人跟他打招呼，他已经看到了小家伙的身影。小家伙正在吹芦笙，苗家人认为芦笙是始祖母创造出来的，它的旋律就是母亲的声音。芦笙场上，哪个小伙子的芦笙吹得好，就会赢得姑娘的欢心。当年，还是他教会了小家伙吹芦笙。听着悦耳的旋律，他在猜想，谁家的姑娘会中意这个已经长大成人的小伙子。

就差几步路了，杨启明忽然接到消防队的电话，说有人报警，他扭头就往回跑。在他的不断努力下，早年的5人义务消防队已经发展为30人的专职消防队，战斗力很强，但他还是不放心，在他看来，在苗寨里，火灾无小事。

出警！好在只是虚惊一场。

没多会儿，杨启明接到了蒋大嫂的电话，让他晚上到家里做客。

蒋大嫂摆的依然是长桌宴，乐声响起，杨启明定睛一看，居然是小家伙捧着芦笙，在卖力地吹。

苗家人热情豪爽，对自己敬佩的人一定是好酒相待。他们会摆上长桌宴，吹起芦笙，唱起苗歌，给客人端上醇香米酒，然后唱："欢迎你到苗寨来，醇香米酒迎接你，你喜欢来一杯，不喜欢喝两杯，管你喜欢不喜欢也要喝……"

杨启明刚喝了半碗，就已经有五六个酒碗举到了斜后上方，次递排列，一个高过一个，碗中倒出的美酒像小瀑布群一样流下来。当地人把这种敬酒方式叫作"高山流水"，他们讲究"山"高、"水"长、"情"深。

那天夜里，杨启明没喝多少酒，却醉了。告别蒋大嫂，在回派出所的路上，他的两只脚轻飘飘的。第二天早晨起床，好多事情他都记不真切了，不过，有一点他印象深刻，是小家伙把他送回了所里，在他的办公室，小家伙埋怨他这么大年纪了还睡沙发。

此时，他蜷起腿，脚底下那一片已经磨得不像样子。也直到现在他才留意到，这张被当作床的沙发用了8年，两头早已磨破，其他地方却依然是崭新的。

对了，他想起一件事，小家伙被蒋家的姑娘看上了，还有，蒋大嫂敬酒时说得最多的一句话就是“高山流水，细水长流”，她说感情就得像杯中的米酒，细水长流。

究竟说的什么感情呢？杨启明不想去琢磨那么多了，他把头天穿过的鞋子搁在了窗台上，这早已成了他的习惯。那里晾晒了好多新旧不一的鞋子，排成一排，像是在接受检阅的队伍。

他抬起头，让目光穿过窗户，越过屋顶，朝阳下的西江千户苗寨依旧那么古朴典雅，她静静地在时光交替中打着盹儿，岁月打磨过的躯体，通身散发着古朴的神韵和幽情，跟杨启明此时的眼神一样，凝重而深远。

自家人

这或许是沿海地区条件最差的公安分局了，几间旧平房就是他们的办公地点。

虽说条件艰苦，驻地却是国家级森林公园和中国道教全真派的发祥地。有位年轻民警挺逗，把流行歌曲改了词——大王叫我来巡山，我在山间做神仙。别说，合辙押韵，还挺像那么回事。孙雪栋听后没吱声，他知道，年轻人是觉得憋屈。当刑警的都想着办大案要案，可这里全是鸡毛蒜皮的小事。

事实上，他是个极其较真的人。

辖区有 36 个村子，只要工作不忙，他就会去村里转一转，目的只有一个，跟村民交朋友聊家常。

这不，临近晌午，忙完案头的工作，孙雪栋起身出门。春天是最美的季节，素有“海上仙山之祖”美誉的昆嵛山更是美不胜收，但他压根没心思欣赏美景。上个月分局刚部署了全年工作，首次提出了为生态保护保驾护航的理念，他心里惦记着怎么落实。正这么琢磨着，一位妇女把他拦在了门口。

孙雪栋抬头一看，是北红石头村的蒋丽。蒋丽是个直脾气，非要拉着他去家里吃饭，说是为他摆下了酒席。他一听就明白了个大概，蒋丽还是为去年那档子事。

那是去年 4 月，因为家庭琐事，男人把她的眼睛打伤。她越寻思越委屈，撇下孩子回了娘家。男人跟着屁股撵过去。蒋丽说，两个字，离婚。男人说，行啊，不想过日子都别想好，便三天两头去闹事，轻则破口大骂，重则摔摔打打，最严重的一次还带了几个人，砸了不少家具。农村人讲究面子，岳父怕丢人，一忍再忍，这让男人得寸进尺。

跟村民聊天，孙雪栋听说了这档子事，当即找到蒋丽的娘家，但老人觉得这是家务事，绝口不提女婿干过的那些事情。他放心不下，找来派出所的管片民警，交代一番。心里想，这家人可千万别出啥岔子。

转眼到了 6 月 15 日，晚上 8 点多钟的光景，正准备回家的孙雪栋听同事说，蒋丽娘家的柴火垛着火了，连忙带值班民警开车去村里。

平日里，孙雪栋跟民警们打成了一片，他们有啥想法都会实话实说。这天一起去的民警也是个爽快人，说咱刑警去凑哪门子热闹，这黑灯瞎火的，到了地方，柴火早就烧完了。孙雪栋没吭气，他隐约感觉，这把火烧得有点蹊跷，倘若真跟蒋丽的男人有关，指不定会出什么幺蛾子。话又说回来，即便跟他八竿子打不着，去一趟也好，北红石头村地处林区，万一引起山火，损失不可估量。

正如那位民警所说，他们赶到的时候，火早已被扑灭。院子里传来争吵。还等什么呢，孙雪栋迈过门槛，进了院子。

蒋丽的弟弟蒋林灰头土脸，手里拎着一瓶白酒，正跟母亲拉扯在一起。孙雪栋开门见山，问啥叫一比六啊，还非常 6+1 呐。村里的人跟孙雪栋都熟悉，说话也不带拐弯儿的，蒋林也不例外。他张嘴就说，老孙，家里的事不用你管。孙雪栋说，你跟大伙儿一样，都喊我老孙，说明不把我当外人，既然不是外人，有些事就得管。蒋林骂了句脏话，说狗拿耗子多管闲事。孙雪栋不急不恼，瞅了一眼对方手里的酒瓶子，说正好，忙活一天我也累了，陪我喝点酒解解乏。

蒋林自然是不情愿的，但孙雪栋的口碑摆在那里，他不好撕破脸。

几两酒下肚，蒋林全秃噜了。他断定这火是姐夫搞的鬼，是欺负蒋家没人，他得出这口气。孙雪栋劝他，杀了人得偿命啊。蒋林说，一比六，这买卖稳赚不赔，不让他们知道我的厉害，我这个蒋字倒着写。

正所谓杯酒壮人胆，好家伙，此时的蒋林豪气冲天。再喝下去等于火上浇油，孙雪栋把剩下的酒全倒在自己杯子里，说正好今天不值班，喝这些酒也算不上违反规定，我就问你一句话，你牛哄哄地当了好汉，6岁的儿子咋办？蒋林愣了。一瞅这话管用，孙雪栋紧跟着说，咱不管对方家里死了人怎么样，就说你那宝贝疙瘩，将来走到哪儿都抬不起头，人家会骂他是杀人犯的儿子。蒋林闻声低下头，用手撕扯着头发说，老孙啊，咱也是个爷们，被人骑在脖颈上，实在咽不下这口气呀。孙雪栋问，你信我吧？蒋林点点头。

一个电话，消防大队的人就到了。先期赶到的治安、派出所等部门早就展开了工作，他们在现场寻找蛛丝马迹。现在有了专业人员的参与，很快认定这是一起蓄意纵火刑事案件。第二天上午9点多，蒋丽的男人归案。

事情并没有结束。面对即将到来的法律制裁，蒋丽悔不当初，她求孙雪栋法外开恩。孙雪栋说，别在我这儿哭丧着脸，法大于情，也大于天。蒋丽哭闹，说这日子没法过了，眼见着樱桃熟了，一年的收成可就指望这一季呢，你把他铐了，我们一家人喝西北风啊。孙雪栋说，一码归一码……蒋丽接着嚎，你不管，我就去上访，你们当官的就怕丢了乌纱帽。得，这蒋丽也是个爱学习的人。

那天，孙雪栋究竟使了什么法子把蒋丽劝回了家，始终是个谜。但有一点乡亲们看到了，蒋丽家里的樱桃园来了几个人，赶在雨季来临前，把樱桃收了。到后来，蒋丽挑选了一篮子樱桃，送到了那排平房，人们才知道，是孙雪栋掏腰包雇人收的樱桃。

有人传言，蒋丽挨了顿臭骂，但大家都说活该。也有人说不可能，孙雪栋从不跟村民发火儿。其实，事已至此，有些细节根本没必要深究，因为，在昆嵛山人的眼里，孙雪栋和那些个民警都是他们的自家人。

大脚板

引子

这天夜里，吕建江胸口发闷，两腿发麻，迈不动步子。他把身子窝在沙发上，用手指捏着大腿，时不时地攥紧拳头捶几下，下手有些狠。

一直撑过午夜，凌晨 2 点多钟的光景，吕建江没法再跟自己较劲了，他试着站起来，从茶几上拿起车钥匙，踉踉跄跄地走到门口。妻子听到声响，拦住他说，你腿脚不利索，别逞能，咱打个 120。吕建江一撇嘴，没说话。事后，她一直在想，男人微微翘起的嘴角到底掩饰了多少痛苦。

吕建江让妻子坐在副驾驶的位置上，自己开车去医院。心想，慢慢开，从家里到和平医院没几步路。也多亏是这个时辰，白天车水马龙的街道宽阔起来，显得无比寂寥。

腿脚越来越不听使唤，吕建江在心里念叨，从警务站出门，右转，顺着辖区的边缘绕一圈，总共 3 公里，齐步行进每一步 75 厘米，也就是 4000 步……他用这种方式转移注意力，甚至默默给自己下达口令，齐——步——走！

正文

吕建江是军转干部，齐步行进与立定的要领早已熟记于心。离开部队，到了地方，他走路的姿势依然是标准的齐步走。

吕建江先是被分配到留村警务室。那时村里不足千户，流动人口却有近 2 万人。

别看留村的人多数也是农民，但对外来人并不客气。他们最烦的是那些捡破烂的，嫌人家脏兮兮的不卫生。于是，有个老太太就报警，说自家东西丢了，还指名道姓说是捡破烂的某某偷了。捡破烂的也生气，说你不乐意租房子给我可以明说，干吗要往我头上扣屎盆子。公说公有理婆说婆有理，这事还真不好妄下结论。

事情处理得倒算圆满，但吕建江琢磨着，即便处理了这一桩，也不是长久之计，更何况那些废品乱堆乱放，很容易引发火灾。他找来一个便携式扩音喇叭，让正在上小学的女儿录音，什么防火防盗之类的，然后揣着喇叭，在村里走来走去，甜美稚嫩的童声每天都会在留村上空飘荡。

可这招儿仍然解决不了实际问题，吕建江开始留意身边的人和事，绞尽脑汁想寻个万全之策。

一次，村民老王得了急症，热心肠的吕建江帮忙联系了医院。去看望老王的时候，医生向他抱怨，说现在独生子女没法照料生病的老人，牵扯了医护人员不少精力。说者无心听者有意，吕建江一合计，这是绝好的就业机会。他赶忙托人联系医院，说是可以帮忙招聘一批保洁和护工。又回到留村，给原来靠捡破烂谋生的那些人做工作，说只要你们不觉得伺候人丢面子，这活儿靠谱。

那之后，没人再说自家丢了东西，有矛盾的房主和租户都和睦了，一传十十传百，吕建江的名气打响了，“有事儿找老吕”成了留村人的顺口溜。

别看吕建江下了那么大的工夫，很多事情还是令他头疼。2005年农历三月十五这天，他就碰到个大难题。

这天，留村搞庙会。依当地风俗，来客多，酒喝足，才能财旺家旺，为此，好多人家把宴席摆到了街上。当天晌午，邻居两家在街头设宴，正所谓杯酒壮人胆，一句话不中听，两边就打了起来，造成一重伤两轻伤的恶性案件。

吕建江心痛。可留村的民俗破不得，只能借助最原始的办法。他自费做了一批安全警示的条幅，悬挂在街上，又走家串户，给人们“算账”，算的是犯罪成本账，不厌其烦地宣讲伤人也误己的道理。这招还真灵，留庄再也没发生过聚众斗殴的事。

2009年，吕建江到汇通派出所担任副所长。离开留村前，他把之前本上记录的留村辖区居民信息全都整理出来，然后上传到内网上，供同事们共享。这应该算是电子警务的雏形。

这期间，因为留村拆迁的事，吕建江没少往那里跑。他还是用的老办法，挨家挨户苦口婆心地做工作。人心都是肉长的，拆迁顺利，有的孤寡老人逢人便夸：小吕比亲生儿子还要亲。

日子如水，一如既往地奔向前，似乎没有任何波澜。吕建江一直在研究如何帮群众解决实际困难，特别是调到安建桥综合警务服务站当站长后，他更是乐此不疲，跟中了魔似的。

先前说的留村那位报警的老太太，舍近求远跑到警务站，说这回是真把东西丢了。丢的是一个银耳环，多年前陪嫁的物件儿。吕建江想，指尖大小的东西，在犄角旮旯里，想找到比大海捞针还难。再多的安慰都是废话，他索性发到了自己的微博上。为了方便群众，他早就实名开了微博，名字就叫“片警吕建江”（后更名为“老吕叨叨”），拥有不少粉丝，没曾想，这条信息被@出去，耳环还真被找到了。

他受到启发，自掏腰包，建了个失物招领网站，在微博大V的宣传下，很快就成为众所周知的便民网站。

平安小区是警务站辖区内的老社区，居民之间常因停车难问题产生矛盾，严重的还会导致肢体冲突。他拿出钱来，印了一批移车卡，而后又根据需求改进升级，到“第四代”移车卡时，已经可以扫二维码，通过第三方联系车主，避免了彼此直接通话，解决了个人信息泄露的问题。

网络是把双刃剑。有人质问，也有人挑衅，说他是为了出名。吕建江总是一笑而过，他觉得，微博可以倾听很多人的烦恼，进而帮助更多的人。

2014年的一天深夜，吕建江在网上无意中得知，山西的一位女孩想自杀。他央求几位关系不错的博主帮忙，许是扰了别人的美梦，他们说可怜之人必有可恨之处，这女孩或许只是为了博人眼球。吕建江却说，这事人命关天，马虎不得。

人在绝望的时候情绪会变得极其反常，文字聊天看不到表情、听不到语气，很容易让人误会，变得更加偏执。吕建江小心翼翼地跟女孩谈心、讲道理。4个多小时后，女孩终于打消轻生的念头，并邀请他去太原吃小吃。为了安抚女孩，他爽快地答应了。

时隔3年，这位网名叫“雨馨”的女孩听到吕建江逝去的噩耗，一边哭一边埋怨，说吕叔是个骗子，而且是个大骗子，明明答应了要来山西，怎么说走就走了呢。

可这是所有人不愿意见到却又不得不面对的事实。

尾声

那天凌晨，妻子给躺在病床上的吕建江揉腿捏脚，她发现丈夫的脚板上全是老茧，而且硬得像块钢板。

早已麻木的腿脚似乎有了感应，弥留之际，吕建江喃喃自语：3公里，齐步走，75厘米，4000步……顺着警务站辖区的周边走下来，正好是3公里。

妻子有些恍惚，因为她看到的是世上最硬的脚板，从军营到警营，再坎坷的路都走过；她也看到了世上最寒冷的脚板，生生地把人世间的柔情隔断了。

她把吕建江的脚捧在手上，泪眼婆娑。这双只能穿39码鞋子的脚，比一般男人的尺寸都要小。但残留的体温告诉她，那是世上最大的脚板，它缩短了丈夫跟辖区那些群众，还有网上那些网友之间的距离；脚底的老茧告诉她，那是世上最结实的脚板，它曾踏遍辖区，也曾迈过千家万户的门槛。

喊山

一

长白山脉到底有多长，这是翟祯光最近几天时常琢磨的问题。

他总是跟自己较劲，反反复复打量面前的群山，只要眯缝起眼，山会跟天连在一起，山是白的，天也是白的，茫茫一片，有些刺眼；猛地把眼睛瞪大，山梁便在视野里现出了轮廓，在晴日之下，山间的白却因积雪变得乌青。翟祯光始终搞不明白，是自己的视觉犯了毛病，还是受了坏情绪的干扰。

他现在是在西小山林场，确切地说是在林场派出所背后的一片山坡上。置身广袤的雪野，他无数次地做着一道算术题——我，翟祯光，在这个世上，好比长白山上的一棵红松，不对，是树上的一个松塔，再或者顶多是松塔尖上的雪粒儿。是的，自己太渺小了，小到似乎已经被人遗忘。

翟祯光有些懊恼，到这鬼地方半个月了，他越来越找不到自身存在的价值。谁能想到是这样的结果呢？从长春到临江，再从临江到山里，即便有再大的雄心壮志，也会被现实来个当头棒喝。不，他们管这儿叫“沟里”，连刚从外地调来的局长于爽也是用的这个词。翟祯光感觉局长的话很鼓舞人心，在基层可以得到真正的锻炼，他甚至觉得局长的名字起得带劲儿，在这样的集体里工作，怎能不神清气爽？

是的，在来这里报到的头天傍晚，他看到好多人涌进局机关大院，在楼前的空地上跳着广场舞。只有把警察当成家里人，老百姓才会把公安局当成自家的健身场。翟祯光相信自己的选择没错。

眼下倒好，叫天天不应叫地地不灵，竟然接连停了三天三宿电，手机信号也是时有时无，以至于想打个电话发个牢骚都没有机会。为了发泄心中的不满，翟祯光冲着大山嗷嗷地嚎了几嗓子，山谷里传来的只有一个人的回声。

二

翟祯光很烦所长辛树军。

派出所要调查统计辖区人口，辛树军非让翟祯光挨家挨户去登记。山路积满了雪，深一脚浅一脚地过去，再碰上人不在，效率太低。他建议把联系方式统计好，一个电话就能解决，事半功倍。但辛树军不干，还说只有走到了才能摸到真实情况。他心里却嘀咕，又拿所长的职务压人。

眨眼就是5月了。某天清晨，派出所接警，说是老宋头失踪了。翟祯光瞪着惺忪的睡眼跟着出警。他时不时地打个冷战，辛树军把军大衣脱下，扔给他，他自然不肯接受。辛树军是个好脾气，但那天却数落起来没完没了，说是年轻时得护住身子，免得上了岁数受罪。翟祯光哼哼哈哈没有明确表态，眼圈却倏地有些发热。

跟老宋头的家人打了个照面，辛树军就带着他进山了。他终究没忍住，问：所长，你啥都没整明白，就贸然上山？

辛树军说，老宋头好喝酒，肯定是进山抓林蛙换酒钱。

事实证明，姜还是老的辣。当天下午，按照辛树军的行进路线，在山里迷路的老宋头被找到了。确实有点儿神。起先，翟祯光认为是瞎猫碰到了死耗子，直到辛树军把老宋头所在的屯子几位住户的生活习惯全讲了一遍，他才甘拜下风。

老宋头的家人非要给他们下跪磕头，被辛树军拦下了，刚暖过身子的老宋头挣扎着从炕头上爬起来，嘴里嘟囔：不让磕头也罢，以后逢年过节不拜神仙，要拜就拜警察。

听罢，翟祯光想笑，却没笑出来，他好像被风迷了眼，眼角湿乎乎的。他赶忙出屋，跑到山跟前，群山仍旧被大雪包裹着，雪虽然在融化，却悄无声息。他想吼两嗓子，到了嘴边冒出的却是“师父”两个字，把刚出门的辛树军吓了一跳。

三

七夕节对翟祯光有着特殊的意义，因为这一天是妻子的生日。

在林场派出所，通常一周才能回一趟家。上次回家是在半个月前，他答应妻子一起过生日，可他爽约了。这些天，他一直跟师父钻山沟，为的是办一起陈年积案，案发地就在他们的辖区。

要查的是命案，要追的是潜逃8年的凶手。很显然，他不好意思在这个节骨眼上请假。真是邪性，翟祯光发现，手机能接电话却打不出电话，他猜测妻子肯定会闹情绪，心想等过些时日回家，哄哄就好了。

他想得过于简单了，因为自己的“失联”，妻子也“失联”了，打电话不接，发微信不回，他只是从妻子的朋友圈里看到一句话——现实版的牛郎织女，我不希望当主角。

时间一天天过去，翟祯光心里只惦记着两件事：一件是畏罪潜逃的孙某能否归案；另一件是妻子是否会原谅自己。这时候，他和师父已经成了无话不谈的好朋友。前一个问题，师父说把心搁到肚子里，局长给省里立了军令状，9 月 1 日是最后期限；后一个问题，师父只是笑，不吭声。

8 月 29 日，经过前期大量侦查工作，锁定了孙某的活动区域，局领导决定收网。局里挑选精兵强将，分了五个抓捕小组，由在家的局领导分别带队。当天傍晚，宋某被带回局里。

正要去跳广场舞的群众看到这一幕，很快把消息传了出去。不过，最先得到喜讯的是各个基层单位，翟祯光乐得手舞足蹈。

辛树军说，你这熊孩子，赶紧给弟妹打个电话吧。

翟祯光愣了愣，刚想找借口回避这个话题，手机铃声响了。听筒里传来熟悉的声音：老公，你听见了吗？有人给你们警察放鞭炮呢……

他兴冲冲地跑出食堂，一口气到了山跟前，他想大喊一气，最终只是轻轻地“么”了一声，然后亲吻手机屏幕。

他再也不想喊山了，因为他不再感到孤寂。吹满风的山谷好像懂得了他的心思，用阵阵松涛声来回应这位年轻的森林警察。